「よ、四葉ちゃん……どう？」
「四葉さん、苦しくない……？」
JN132319

（わたしの大好きな人達が
幸せになってくれたら、
それだけでわたしも幸せだ。）
間四葉
はざまよつば
ちょっとおバカな女子高生。
クラスメイトの由那、凜花と
『公認二股』の関係に。
今までと違う様子に、妹達から
心配されることに……

撮られるのに慣れている葵は文句なしに
完璧な笑顔を浮かべていて、
桜も口では渋々って感じだったけれど
実際には楽しそうに笑っている。

「あ、お姉ちゃんかわいー」
「そうね……お姉ちゃんらしい」
「葵も、お姉ちゃんのこと大好きだよ」
間葵
はざまあおい
間家の三女。
爛漫な性格で間家の癒やしだが、
時折小悪魔な一面も見せる。
もちろん姉が好き。
学校ではよく告白されるが、
全て断っている。

百合の間に挟まれたわたしが、勢いで二股してしまった話　その2

としぞう

toshizou presents
Art by Kuro Shina

YURI*TAMA

プロローグ「恋と願い」

YURI*TAMA

——恋をすると世界が変わる！

不意にそんな言葉が頭に浮かんだのは、一歩前に並ぶカップルの、繋（つな）いだ手を片方のコートのポケットに突っ込むという、マンガのようなイチャイチャムーブを目撃した瞬間のことだった。

確か……そうだ。さっき立ち寄ったコンビニでたまたま目に入った雑誌の表紙に書かれていた文言だ。十代女子向けのよくある女性ファッション誌のやつ。

一月一日、元旦の今日、コンビニに並べられたその雑誌が年末特別号なのか、新年特別号なのかすらも分かっていないわたしには、当然『恋』がどんなものかも、さっぱり、まったく分からない。

間四葉（はざまよつば）。十六歳。何の取り柄もない、高校一年生。

勉強も運動もからっきしで、友達もろくにできない……そんなわたしにとって『恋』なんて縁がないどころか、お城に住むお姫様とか、悪い魔法使いとか、王子様とかドラゴンとか、そんなおとぎ話の登場人物くらい非現実なものである。

まあでも、世界が変わったところで何にもならないし、みたいな？

恋愛に縁がなくたって生きてるだけで偉いし!!

……と、誰にしてるのか分からない言い訳を頭の中で並べつつ、年末セールで買ったばかりのダッフルコートのポケットに手を突っ込み温まるわたしであるが、実は今より約九ヶ月前、高校入学を機に大きな変化を迎えていたのだ!!

――四葉ちゃん♪

――四葉さん。

脳内再生するだけでなんだか良い感じの脳内物質が湧き出そうな素敵ボイスを持つ二人の女の子が、わたしの目の前に現れたのである！

天使のように可愛らしい、百瀬由那ちゃん。

女神のように凜々しい、合羽凜花さん。

わたしとは本当に文字通り住む世界の違う、『聖域』なんて称されみんなから憧れの視線を浴びている二人の美女が……なんと、わたしと友達になってくれたのだ!!

それこそ最初、「これが風に聞くつつもたせというやつ……!?」と思ってしまいもした。

けれど、百瀬さんも合羽さんもメチャにメチャが付くほどの超絶良い子で、わたしの駄目なところをどれだけ知っても、気にせず受け入れてくれた。

すごく優しいし、可愛いし、カッコイイし、一緒にいて楽しいし……友達でありながら、すっかり二人にメロメロになってしまったわたし的には「もうつつもたせでもいいや」ってくらいに思うようになった。

むしろこんな幸せな時間を一瞬でも味わわせてくれて、つつもたせ万歳だよ！

求められれば二つある臓器なら片方くらいは提供できちゃうかもしれない。ええと、肝臓とか？

なんて、それくらい大好きって思える友達が高校に入って一気に二人もできて、人間として数段グレードアップした気になるわたしだったけれど……それでもやっぱり、『恋』は遠い空の彼方(かなた)で偉そうにふんぞり返っていて、一向に降りてくる気配は無い。

けれど、当然百瀬さんと合羽さんに関しては違う。

そもそも二人は、その二人同士の関係が魅力的すぎて素敵すぎて、誰も侵してはならないと神聖視されるような御仁達(たち)だ。

二人の関係がより濃密にエスカレートして、大輪の百合(ゆり)の花を咲かせるも良し。それぞれが素敵な出会いをして、未知の愛を築くも良し。

『恋』はいつでも二人が摑(つか)める距離で主張激しくパタパタ飛び回っているのである。

（そもそもの住む世界が違うんだよなぁ……）

二人と一緒にいられるのは幸せだ。これ以上無い、奇跡みたいな毎日だ。

でも、いつか、明日にでも、二人はわたしなんかよりずっと良い何かを見つけて、そちらを好きになってしまうかもしれない。そうすれば今は、簡単に終わってしまうだろう。

……いや、それはそれでいいんだ。わたしだって、いつまでも二人と一緒に……なんて、そんな恐れ多いこと思っちゃいない。

でも、二人は優しいから……きっと、その時にはわたしにも気を遣ってくれちゃうんだろう。

そして、二人を邪魔する足枷（あしかせ）になっておきながら、わたしはどこかでそれを嬉（うれ）しいと思ってしまうんだろうな。

なんて、そう思うとまた自己嫌悪が加速するわけだけど。


世界なんか変わらなくてもいい。

わたしの大好きな人達が幸せになってくれたら、それだけでわたしも幸せだ。

百瀬さん、合羽さん。

それと、お父さんとお母さん。

そして、わたしの大好きな可愛い可愛い妹達……桜（さくら）と葵（あおい）。

そんな両手で十分数えられるくらいしかいない人達の顔を思い浮かべながら……わたし

は、いつの間にか辿り着いていたお賽銭箱の前でパンパンっと両手を合わせた。

（みんなが、とびっきり幸せになれますように！）

わたし一人の願いを六等分。

ささやかなお願いかもだけれど、みんな素敵な人達なんだ。

わたし自身の恋愛模様を占うより、神様もずっと良いって思うだろう。

「お姉ちゃん、おみくじ引こ！　おみくじ！」

「えー……お姉ちゃんはいいや。新年早々『凶』とか引いたら最悪だし」

お参りを終えてすぐ、末の妹である葵からの提案に、ついそんな空気の読めないネガティブをこぼしてしまう。

まぁ幸い（？）妹達はわたしのそういうところに慣れていて、特に気にした感じはないけど。

「でも、桜。良かったの？　この神社、学業じゃなくて恋愛成就に御利益があるみたいだけど」

「……別に、神社なんてどこも一緒でしょ」

初詣に来ているのに、そんな怒られそうなことを言っちゃう桜。

口元をマフラーにうずめて、両手をコートのポケットに突っ込んで……ちょっと不機嫌っぽい感じは、色々気難しいお年頃ゆえかもしれない。来年は高校受験だし。

でも、わざわざ電車に揺られてこの神社にやってきたのは、桜と葵が「ここがいい」って誘ってくれたからなんだけどなぁ……？

「ねぇねぇ、二人はどんなこと願ったの？」

ふと気になって、そう声を掛ける。

「えー？　葵はねー」

「そういうのって口にすると叶わなくなるって言わない？」

「「そうなのっ⁉」」

「分かんないけど。でもさ、お姉ちゃんが葵のお願いが何か聞いたら、きっと叶えようとしちゃうでしょ」

「そりゃあ、もちろん！」

「でも、それがお姉ちゃんの手に余るものだったら？　すぐに結果が出る願いじゃなかったら？　お姉ちゃんが変に動いて葵のお願いを叶えようとしたら、それが神様の邪魔になっちゃうかもしれないじゃない」

「たしかに……⁉　桜、賢い！」

「まぁ、分かんないけどね」

すんっと顔を逸らす桜はどこか照れくさげだった。

たしかに、二人の願いを知ってもわたしにできることなんか殆ど無いもんな……。

お姉ちゃんとしては寂しいけれど、でも、それも仕方ない。

二人はありがたいことに、わたしよりずっと優秀で賢い子達だ。

桜も葵も、わたしの後ろをついてきてたのなんて、それこそハイハイ歩きしてた頃くらいだと思う。

「あ、そうだ桜ちゃん。お守り買っとこ」

「そうね。あ、お姉ちゃんの分も買っといてあげる」

「え、わたしも行くよ?」

「お姉ちゃんだと間違って『恋愛成就』のお守りとか買っちゃいそうだし」

「それ、無駄遣いになるって意味かな!?」

心外だ。間違ったって買わないのに。

成就させようにも、そもそもとっかかりもないわけだし。

……なんて、そんな抗議をしつつも結局わたしは大人しく待つことにした。

わたしがお姉ちゃんとしてできるのは、それくらいなのだ。

「恋愛、かぁ……」

いつか二人も恋をするのかな。というかもうしてるのかも。

わたしについてきてほしくないのは、それこそ『恋愛成就』のお守りを買ってるところを見られるのが恥ずかしい……とか。あはは、ありそー。

それこそ、遠くない未来に彼氏なんて作っちゃって、だんだん家に帰るのも遅くなって……いつか、家を出て行って。

次帰ってきたと思ったらウエディングドレスなんか着ちゃって、わたしもそれ見て泣いちゃって。

わたしも、今日みたいに新年を迎えるたびに、お参りでのお願い事よりも甥っ子姪っ子にあげるお年玉の額に悩むようになっちゃったりして。

……その頃には、わたしがお姉ちゃんとしてできることなんか、リアルにそれくらいしか残ってないんだろうな。

恋は世界を変える。

わたしのじゃない。わたし以外のみんなの世界を。

もしも最後の最後まで、一人今の世界に取り残されてしまったら……わたしはどうするんだろう。

「そんなこと、今考えたって仕方ない……」

自分を納得させるように独り言を呟く。

ただ考えたくないだけって、自分でも分かってるけど、でも事実でもあるから。

――けれどどうか、いつまでも、二人のお姉ちゃんでいられますように。

お賽銭箱の前じゃないから、神様は聞いてくれていないかもしれないけれど……それでもわたしは強く願った。

いつか『恋』が世界を変えてしまうとしても、それだけは変えてしまわないでほしい。

どんなに独りよがりでも……わたしは二人のお姉ちゃんでいたい。

だって、あの二人が、わたしを「お姉ちゃん」って呼んでくれた時から……わたしにとって一番大切な――

「お姉ちゃーん!!」

お守りを買い終えた葵がぶんぶん手を振ってわたしを呼ぶ。

隣で桜も、ちょっと恥ずかしそうにしながら、小さく手を振ってくれた。

「あれ？　お姉ちゃん、ちょっと泣いてない？」

「そ、そんなことないよ？　えーっと、ちょっと目にゴミが入ったからかも？」

「そんなベタな……あっ」

わたしの分かりやすい嘘(うそ)が、桜に指摘されそうになった瞬間――

「わっ、雪だ！」

ほろほろと、空から粉雪が落ちてきて……わたしの嘘を隠してくれた。

もしかして神様が気を利かせてくれたんだろうか、なんてちょっと思ったり、思わなかったり。

「あはは、ゴミじゃなくて雪だったんだね。どーりでちべたいわけだっ！」

「ふふっ、そうね」

「お姉ちゃんらしーい！」

わたしの言い回しがおかしかったのか、二人とも笑ってくれた。新年初笑い！

いつか本当に、本当の意味で泣いてしまう日が来るかもしれないけれど、別に前借りする必要なんかない。

「それじゃあそろそろ帰ろっか。寒くなってきたし……うりゃっ！」

「わっ！　あったかーい♪」

わたしは空いていた葵の手をぎゅっと握る。

「ほら、桜も。ちべたいでしょ」

「し、仕方ないわね……」

桜は渋々な感じだったけれど、お守りの入った紙袋を左手に移し、空いた右手でわたしの手を握ってくれる。

「あ、あったかいよ、お姉ちゃん」

「んふふ、わたしもー」

年甲斐が無いとか、恥ずかしいとか……きっとこうやって手を繋げる機会ももう殆ど残っていないだろう。

でも、だから、わたしはこの温もりは忘れない。

もしも離れてしまっても、自分からもう一度摑みにいけるように……

それが……『お姉ちゃん』なんだから。

第一話「夏休み前に絶対に控えてる門番的なアレ」

YURI*TAMA

七月になり、もうすっかり夏がやってきていた。

主張の激しいこの季節は、とにもかくにも暑い。

少し外を歩けばすぐに汗でぐしゃぐしゃになっちゃうし、ちょっとでもケアを怠れば日焼けして、文字通り痛い思いをすることになる。

正直ずっとクーラーの効いた部屋の中に引きこもって、アイスでも食べながらダラダラしていたい～って思うけれど……それはまぁ、夏休みに堪能するとして。

今は、目の前の『壁』に向き合わなければならない。

「ごくり……」

生唾で喉を鳴らしつつ、わたしはただその時を待っていた。

ここは生徒指導室。選ばれし者（もんだいじ）だけが入れる秘密の部屋。

それこそ、日本国内でも数少ない名門進学校である永長（えいちょう）高校では、創立以来殆ど利用されてこなかったという。

まぁ、わたしは入学してから何度もここに来てるんですけどね!!

「お待たせしました」

「っ!!」

びくっと肩が跳ねる。

淡々とした感じで部屋に入ってきたのは安彦美姫（あびこみき）先生。

暑いはずなのに、相変わらずパリッとスーツを着こなしたメガネ美女。

一年からわたしの担任になったせいで、この生徒指導室の番人という不名誉な称号を手に入れてしまった苦労人だ。まぁ、元凶であるわたしが言うなって話なんですけどね。

「お、おおおお、お待ちしておりましたぁ!!」

すぐさま起立し、先生を出迎えるわたし。もとい受刑者。

呼び出された理由は言われていなかったけれど、想像はできている。

間違いなく先日行われた期末テストの結果についてだろう。

(ああ……今回は赤点何個だろう……)

せめて片手で数えられる程度だといいな……なんて考える時点で、わたしはもう終わっている。

中間テスト、期末テストがあるたびに、わたしは赤点をとりまくっていた。

ちゃんとテスト対策はしているのに、どうしてもとってしまうのだ。

そもそも覚えるべきものを中々覚えられない。よく集中が途切れてしまう。試験の空気が苦手で頭がぐるぐるしてしまう……などなど、駄目な理由はいくらでも湧いてくる。

　そもそもこの永長高校の入試もえんぴつを転がしていたらなぜか運良く通ってしまって、面接でもなぜかふるい落とされず……ここの制服の袖に腕を通す器じゃないんだ、わたしは。

　そのせいで安彦先生……いや、みきちゃんにも毎回迷惑ばっかかけてしまって——

「間さんっ!!」

「……へ？」

　審判を待ち、いつの間にか俯いてしまっていたわたしだったけれど……みきちゃんの跳ねるような声に、呆然と顔を上げた。

　なぜか、みきちゃんは笑顔だった。

　しかも目尻には薄ら涙まで浮かんでいる……な、なぜ!?

「凄いです、間さん！　今回の試験結果！」

「す、すごいって、どういう……？　ま、まさか！　とうとうパーフェクトをっ!?」

　説明しよう！　パーフェクトとは、全教科赤点をとる所業のことであるッ!!

　赤点常連なわたしだけれど、実は毎回何かしらの教科は赤点を免れていて、未だパーフェクトは達成したことがなかった。

　みきちゃんも「ま、まぁ、パーフェクトではないですからね……まだ、下があると思えば……うん」と、よくフォローになっていないフォローをしてくれる。

　そんなみきちゃんも、わたしがパーフェクトを達成してしまった結果、いよいよフォローできる材料がなくなって壊れてしまったのかもしれない……!?

「み、みきちゃん。その……ごめんなさい……」

「全然謝ることないですよ？　いや、私も少し寂しくはありますが」

「寂しい……？」

「これ、本当は明日返す答案用紙なんですが……ほら、見てください！」

「え……？」

　わくわくが抑えきれないという感じで、机に答案用紙を広げるみきちゃん。

　当然すべてわたしの名前が書かれた答案用紙で……え!?

「46……57……52……ろ、61!?」

「私、教師をやってきて一番感動しているかもしれません……!!」

　す、すごい。これが本当にわたしのテスト結果!?

　永長高校が定める赤点ライン、『40』を見事に全て上回っているッ！！

「こ、これ本当なんですか……!?」

「ええっ！　他の先生方も信じられないって、何度も何度も採点し直してましたから！

　間違いなくこの点数です！」

わぁ、信用されてねぇ!!

で、でも……こ、こんなすごい高得点をわたしが取れるなんて……!!

「みきちゃん!」

「間さんっ!!」

わたし達は感極まって、思いっきり抱きしめ合った。

ちょっと気が緩めば泣いてしまいそうだった。それくらいの奇跡が起きていた!!

「えへへ……すみません、つい感極まって。他の子に見られたら引かれちゃいますね」

ぺろっと舌を出しつつ、可愛らしく微笑むみきちゃん。

わたしはみきちゃんなんて馴れ馴れしく呼んでいるけれど、普段はもっと厳しい雰囲気の先生なのだ。

すごく真面目で、クールで……背筋が曲がってるところなんか見たことないし、暑い日でもパリッとスーツを着こなしている。

基本無表情で、淡々と敬語で喋る姿から、陰で「ロボット」と呼ぶ生徒もいるなんていう。

でも、みきちゃんは人間だ。ロボットじゃない。

確かに普段は冷たい印象を与えがちだけれど、それは生真面目に生徒と向き合っていることの裏返し。

本当はすごく優しくて、一生懸命な素敵な人なのだ。

いっつも補習に付き合わせてしまう問題児のわたしだから、みきちゃんの本当の姿を知れたというのはすごい皮肉だけれど、でも、わたしはそんなみきちゃんのことが大好きで、こうして喜んでくれているのが凄く嬉しい！

「なんだか、夢みたい……みきちゃん、わたしのほっぺた抓って！」

「ええっ!?　できませんよ！　体罰になっちゃいます！」

確かに……！　というわけで、自分で自分のほっぺたを抓ってみた。うん、痛い。

「でも、少し前の中間はものすごぉ～く悲惨だったのに、よくこんな短期間で点数伸びましたね……？」

「ものすごぉ～く……」

「はい。ものすごぉ～～～～くっ!!」

今回の結果が良かった分、過去には一切容赦ない。そりゃあ確かに、中間は悲惨だったけど。

「……カンニングとかしてないよ？」

「ああ、それは疑っていませんよ。間さんが全教科誰からもバレずにカンニングできるほど器用だなんて、教師全員誰一人として思ってはいませんから」

「そ、それは……信頼されてるってことでいい、のかな……？」

「まぁ…………はい」

みきちゃんはあからさまに視線を逸らしつつ言葉を濁した。

うん、まぁ、そういうことですね……。

「でもね、今回はすっごく勉強したんだよ！　由那ちゃ……ああ、えと、百瀬さんと合羽さんと」

そう、今回の結果は高校入試の時みたいな、マグレなんかじゃ決してない。

わたしのとっても頼れる味方……由那ちゃんと凜花さんが厳戒態勢でサポートしてくれたのだ！

全ては……みんなで夏休みを思いっきり楽しむため!!

「そう……間さんは変わらずあの二人と仲良いんですね」

「ええと……まぁ」

変わらず、という言葉には引っかかるものの、わたしは頷いて返す。

あの二人は先生方も一目置く特別な存在だ。

それゆえに孤立してしまうことをみきちゃんは心配してくれていたのだ。二人だから孤立じゃないけど！

そんなみきちゃんだから、わたしが二人と友達になっていることは喜んでくれてて、応援もしてくれてる。

でも……だから、ちょっと気まずくもあって。

（まさか、わたしがあの二人と付き合っていて、しかも公認二股してるなんて……間違ってもみきちゃんには言えないなぁ……）

もちろん、絶対、ぜ～ったいに誰にも言えない話だけれど、もしもみきちゃんが知ったらリアルに卒倒すると思う。

そう、それこそ試験勉強をしてる時も、色々あったし――

◇◇◇

それは試験直前、由那ちゃんの部屋に集まって試験勉強をしていた時の話だ。

「凜花とも前々から話してたんだけどね、四葉(よつば)ちゃんって地頭は悪くないと思うの」

「そ、そうかな？」

「そうだよ。ほら、さっき四葉さんが解いた問題集も採点したら……」

「もしや満点!?」

「……まぁ、7割ってところかな」

つい期待しすぎたわたしに、凜花さんが苦笑する。

なんかすっごく恥ずかしい……でも、よくよく考えたら7割も正解してるなんて凄くない!?

「四葉ちゃんが本来の力を発揮すればこれくらい解けちゃうのよ。でも、授業で当てられたり、テスト本番になるとそれが発揮できてないわけ」

「な、なるほど?」

「それで、今問題集を解いたのと、テストといったい何が四葉ちゃんに変化をもたらしたのか……ズバリ!」

由那ちゃんが雰囲気作りでかけてた伊達メガネを得意げにくいっと上げる。可愛い。

「緊張よ!」

「……きんちょう?」

緊張というのは、アレだ。

なんか意気込んだりして固くなっちゃうやつ。

「わたし、緊張してるの……!?」

「少なくとも授業で当てられた時は明らかにテンパってるわよ」

確かに先生からいきなり指された時はビックリして頭が真っ白になっちゃいがちだけど
……でも、それは注目が集まったりするからで、テストの時とは違うと思うけれど。

「実はこの間の小テストの時に、こっそり四葉さんを観察してたんだ」

「えっ!?」

「ちょ、凜花!?　何そんな羨ましいことを!?」

「ふふふ、なんたって私の位置からは表情までくっきり見えるからね」

得意げに胸を張る凜花さん。

凜花さんの席は最後列の窓側という誰もが欲しがる神位置だ。

対して由那ちゃんはその一席前。

全てくじ引きによって決まった偶然の結果なんだけれど、さすが聖域の吸引力というべきか……結果が出た時には中々にクラスが湧いたのを覚えている。

そして、わたしの席は、由那ちゃんと同じ列の二席隣。

由那ちゃんの位置からは見えないと思うけれど、確かに凜花さんの席からは丸見えだ！

「テストに向き合う四葉さん……可愛かったぁ」

「り、凜花、写メ撮ってないの!?」

「撮ってないよ。テスト中だし」

「そこは撮りなさいよ!!」

由那ちゃんがすっごい無茶言ってる！

当然テスト中はスマホ厳禁だ。小テストだろうと電源を切るのが義務づけられている。

もちろんカンニング防止という名目だけれど、そんなのやるとしたら、ミス落第生筆頭候補のわたしくらいなもの……って、さすがにしないからね!?

「テスト中の四葉さんには決まったパターンがあるんだ」

「「パターン？」」

「まず問題に目を落とすでしょ？　そして悩む……大体5秒くらいかな。その後、さらに前のめりになって、最後は……天井を仰ぐ」

「あー……」

由那ちゃんが納得するように溜息(ためいき)を吐(つ)いた。

正直自覚ないけど……でも、凜花さんが言うならきっと間違いない。

「問題読むのに必死になりすぎて、思考がぐちゃぐちゃになっちゃってるのね。緊張もそうだし、焦りとかもあるのかしら」

「そう言われるとそうかも……」

「落ち込むことないよ、四葉さん。それだけ真剣だってことだから」

「うんうん。最初から自暴自棄なんじゃなくて、ちゃんと良い点取りたいってテストに向き合ってるところは四葉ちゃんらしくて好きよ」

二人はそう優しい言葉をかけてくれる。

それは嬉しいけれど、でも、そもそもわたしがテスト一つまともにこなせていないというのが問題なのだから、喜んでちゃ駄目な気がする。

「ねぇ、四葉ちゃん。さっき問題集を解いた時はどんな感じだった？」

「……どんな感じ？」

「さっきの問題は7割も合ってたんだ。だから、テストでも同じように問題を解ければ、良い点数が取れるかもしれないよ」

「ほんとに!?」

そんなことあり得るんだろうか。

7割、70点なんて取れたらもちろん赤点は無い！

これまでのわたしの人生を振り返れば絶対に不可能に思える点数だけれど……でも、この二人がそう言ってくれるなら嘘じゃないって思える。

「でも、どう解いてたかってあまり覚えてなくて……ごめんなさい！」

「ううん、謝ることなんかないわよ」

「ていうか、そもそもあまり真面目にって感じじゃなかったよね。おしゃべりしながらだったしさ」

「そうねぇ。むしろ普段より真剣じゃなかったくらい……いや！　それよ、凜花！」

「え？」

「四葉ちゃんは緊張するのがダメなんだから、リラックスして問題に取り組めばいいのよ！」

「なるほど！」

二人は納得したように頷き合う。

な、なるほど、確かにこれまでの話から考えると由那ちゃんの言うとおりだ。

でもテストを前にリラックスなんてできるだろうか。

それか、どうせ赤点だからとか、誰も期待してないからとか……そう開き直ればいいのかな。でも……

「大丈夫よ、四葉ちゃん」

「え？」

「あたし、すっごく良い方法思いついたの♪」

由那ちゃんはパチッとウインクして、わたしを立たせると――

「えいっ！」

「きゃっ!?」

わたしをドンッと押す。

完全に不意打ちをくらって、わたしは押されるがまま由那ちゃんのベッドに倒れ込んでしまった。

「由那!?」

「四葉ちゃんがテストの時に緊張して我を忘れちゃわないように、対策をあたしなりに考えてみたの。そして導き出した結論が……これっ！」

由那ちゃんはそう言って……勢いよくダイブしてきた!?

「ぎゃふっ!!」

由那ちゃんの全体重（羽のように軽い）を一身に受け、しっぽを踏まれた猫みたいな声を上げてしまうわたし。

そんなわたしに由那ちゃんは抱きついて、それこそ猫みたいにスリスリ顔を擦りつけてくる。

「四葉ちゃんはあたし達と一緒にいれば、リラックスできるってことでしょ？　テスト中は同じ教室にはいるけれどそばにはいてあげられないから、だからニオイをつけておこうと思って♪」

「に、におい!?」

「そう。人間にとって一番無意識を刺激するのは嗅覚なのよ。最近よく売ってるじゃない？　アロマディフューザーとか」

「つまり、リラックスできるアロマとかを買えばいいって話……？」

「ノンノン。そんなの今から良いヤツ探す時間無いし、教室で、しかもテスト中に炊くなんてできないでしょ？　だから……代わりにあたしのニオイをすり込んであげる！」

「ええっ!?」

「ゆ、由那……それは……」

ほら！　あまりのめちゃくちゃ理論に凜花さんまで引いて――

「名案だっ！」

ないっ!?

「四葉さん！　私も手伝うよ！」

凜花さんもそう意気込んで、ベッドに、いやわたしにダイブしてきた！

ぷるんとたわわに実ったお胸様がむぎゅーっと押しつぶしてきて……ああ、なにこれすごい。

わたしはベッドの上で、抱き枕みたいにぎゅーっと二人から抱きしめられて、なんかもう、ニオイがどうとかそれどころじゃなかった。

どきどきしすぎて、身体が燃えるくらい熱い。心臓も爆発しそうなくらいばくばく言っている。

それが二人にも伝わっちゃってる気がして、余計に恥ずかしい……あれ？

「よ、四葉ちゃん……どう？」

「四葉さん、苦しくない……？」

よく見ると、二人の顔も真っ赤だ。

それに、服越しにも彼女らの胸の辺りから鼓動みたいなものが伝わってきて……

（そっか……二人も緊張してるんだ）

いつも完璧で、カッコよくて、わたしの手を引いて前を歩いてくれる二人が、わたしのために勇気を振り絞ってくれている。

それがすごく嬉しくて、くすぐったくて——不謹慎にも、ちょっと欲が湧いてくる。

少し……いじめてみたい、みたいな。

「由那ちゃん、凜花さん」

「ふぇっ⁉」

「よ、四葉さん⁉」

二人の下に腕を滑り込ませ、そのままぎゅっと抱き寄せてみる。

それこそ二人からのアプローチに比べればまだ全然って感じだけど、案外どちらも打たれ弱くて、すごく慌ててしまっている。

「すんすん……どっちもいいニオイ」

「ちょ、四葉ちゃん……⁉」

「こうやって嗅いでみると、二人とも全然違うニオイだね。でもどっちもすごく良い香り……甘くて、爽やかで、ちょっと汗かいてる」

「そ、そういえばシャワーも浴びてないのに……！」

「ううん、凜花さん。浴びなくたっていいよ。わたし、凜花さんの汗大好きだよ」

「ひゃあっ⁉　よ、四葉さん……」

凜花さんの首筋に顔をうずめ、ぺろっと舐める。

よけいドキドキしちゃいそうな色っぽい声をあげて、少し涙ぐむ凜花さんは、そりゃあもうめちゃくちゃ可愛くて、もっともっといじめたくなってしまう。

でも凜花さんが悪いんだ。

いつもカッコよくて綺麗で、名前どおり凜々しくて……でも本当は誰よりもピュアで、可愛がられたいって思ってる。

そのギャップを前に、理性を保てる人がいるだろうか……いや、いない。もちろん、誰にもこの場所は譲る気ないけど！

首筋だけじゃなく、頬や耳も舐めるたびに、凜花さんはぴくぴく震えて……縋るみたいに潤んだ瞳でわたしを見つめてくる。

「よ、四葉さん……」

「いや？」

「い……いやじゃない……」

むしろもっとしてほしい、と訴えるような弱々しい視線に、わたしはぞくぞくっと胸の奥で何かがうずく感じがして——

「ちょ、ちょっと、二人だけで盛り上がらないでよ!?」

と、そこで痺れを切らした由那ちゃんが拗ねるように声をあげた。

「ごめんね。由那ちゃんもちゃーんと可愛がってあげるから」

わたしはすぐに寝返りを打ち、由那ちゃんに向き合う。

「ん、もう……すぐ調子乗るんだからぁ……」

由那ちゃんは恥ずかしそうに、でもどこか嬉しそうで期待するみたいに表情を崩す。

そんな彼女をぎゅっと抱きしめ、ふわふわな髪を優しく撫でる。

がっつりのスキンシップではなく、撫でる指が少し肌に触れてしまう感じに……

「う、あ……」

「もっと甘えていいんだよ、由那ちゃん」

「四葉……ちゃん……」

由那ちゃんがわたしの胸に顔をうずめてくる。

そして、さっきわたしが凜花さんにやってたみたいに、すーはーすーはーと深呼吸を繰り返す。

「四葉ちゃん……すごくいいにおい……すき……ずっとこうしてたい……」

「由那ちゃんもすっごくいいにおいするよ」

彼女の髪はよく手入れされていて、触っていても気持ちいいし、香りも甘い……なんだか夢見心地にさせられる。

「四葉さん……」

凜花さんが切なそうにわたしを呼びながら、後ろから抱きしめてきて、わたしの首筋に唇をちゅっと当てる。

ああ、二人ともすごい甘え上手だ。わたしが一人しかいないのが口惜しい……！

「四葉ちゃん……キス、したい」

「え？」

「我慢できないよぉ……もっと、あなたを感じたい……」

上目遣いにキスをねだってくる由那ちゃん。

その甘すぎる仕草にわたしだけでなく、凜花さんまで息を飲むほどだったけれど——

「そ……それは、だめ」

わたしは、ほんのわずか、米粒サイズ以下の理性を振り絞って、彼女の唇に人差し指を当てることでぎりぎり制止した。

「由那ちゃんが言ったことだよ。三人でいる時は、キスだけはダメって」

これは公認二股……わたしが、由那ちゃんと凜花さんの両方と付き合うことになって、ずっと一緒にいるために決めたルールのひとつ。

すなわち、「三人でいる時は唇同士のキスはしない」だ。一応、しばらくの間という制限は設けられているけれど。

わたしは二人のことが大好きだし、二人もこの二股という関係を受け入れてくれている。

実に自分勝手な考えとも思うけれど、わたしは二人のことを平等に、贔屓なんか無しに愛したいって、本当に思ってる。

でも、キスは常にどっちかだ。二人同時にはできない。しようと思っても、どっちかが先で、どっちかが後ってなってしまう。

——肌にするのはまだいいよ!? でも、あたしの前で、四葉ちゃんが凜花とキスしてるの見ると……絶対嫉妬しちゃうもん!

そんな由那ちゃんの言葉に、凜花さんも深く同意していた。

だからわたしは、それを守る。いつか、キスが当たり前になるくらい、もっと二人と仲良くなるまで。

「わたしもキスしたいけど……それは二人っきりの時にね?」

「う……うん……」

「もちろん、凜花さんも」

「う、うん……いっぱいしよう!」

「あ、凜花ずるい! あたしも四葉ちゃんといっぱいするもん! 凜花のことなんか忘れさせちゃうんだから!」

「それなら私だって! 唇同士が溶け合うくらい、いっぱい……いーっぱいキスしようね、四葉さん!」

……もちろん、それでお互いの嫉妬が完全になくなるなんてことはないんだけど。

そして、わたしの理性にも限界はあるし、公平公正を司る神様でもないのでいつ崩れるか分からないけれど……それでも、二人と、この関係と真面目に向き合うことが、二股をするわたしの義務なのだ。

「でも、肌はオッケーだからね！　いつも四葉ちゃんがあたしを感じられるように、いっぱいマーキングするもん！」

「私だって！　覚悟してよ、四葉さん！」

「う……うんっ！　どんとこい！」

そんなわけで、わたし達はお互いに逆転し、逆転されを繰り返しながら、イチャイチャと幸せな時間を過ごした……え？　勉強？　な、なんのことだか……。

そして、「テスト本番でもリラックスできるようニオイを染み込ませるには、毎日、テストが終わるその日までこれを繰り返す必要がある!!」という二人の熱弁に従い、わたし達は試験勉強と称して毎日集まっては互いのニオイを交換し合うのだった……!!

◇◇◇

……今思えば、本当にめちゃくちゃやってたなぁ……。

ついつい遠い目をしたくなる、まっピンクな日々だったけれど、まさかのその作戦が功を奏して、赤点を回避することになるなんて！

実際、テスト中でも常に二人をそばに感じれて安心感があったし、これまでより断然リラックスして問題が解けたと思う。

さすが由那ちゃんと凜花さん……さすが聖域！

まさに聖域の加護を受けて、わたしは不可能を可能にしたのだ！

「間さーん？」

「はっ！」

つい回想に夢中になってしまっていた。

「どうしましたか？　なんだか、顔が真っ赤ですけれど……もしかして熱あります!?」

「う、ううん！　全然平気！　ほら、バカは風邪引かないって言うし!?」

すっごく心配してくるみきちゃんに慌てて否定する。

ある意味お熱かもしれないけれど……ってやかましいわ！

「間さんは……その、バカじゃないと思いますよ？　そんな卑下されると、悲しくなってしまいます……」

「あっ、えと！　そ、そうだよね!?　ごめんなさい!!」

ああっ、わたしのネガティブのせいでみきちゃんのメンタルがっ!?

でも実際この成功はみきちゃんのおかげでもあるわけで……だって、わたしがテストでいっつも赤点を取りながら、置いてきぼりをくらっていないのは、殆ど（ほとん）どの先生が補習をプリント消化で済ませようとする中、みきちゃんが担当教科以外でも付き合ってくれていたからだ。

今回だって、もしもテスト範囲どころか高校一年の範囲から勉強し直しなんてなってたらリラックスがどうとかで乗り越えられなかったはずだし……

「みきちゃん。わたし、みきちゃんが担任で本当に良かったよ……！」

「間さん……！　と、感激したいところではあるのですが……」

「え？」

先生と生徒、師弟を超えた信頼で結ばれた二人は感動のハグを交わす——みたいな想像までしていたわたしに対し、みきちゃんは気まずげに目を逸（そ）らしつつ苦笑いを浮かべる。

「間さんは見落としているみたいなのですが、実は……完全な赤点回避とはいかなくて」

「え」

思わぬ言葉に、わたしはすぐに手元の答案へと目を落とす。

いや、でも、さっき見た時は——

「あ……」

あった。しかも、これは……！！

「はい……英語です」

「な、なんですとぉーっ!?」

英語、38点!?

よりにもよって英語……!?

みきちゃんが担当してる英語でのみ赤点!!?

「ま、まぁ……ちょっとしたケアレスミスですし、そんなに落ち込まなくても大丈夫ですが、でも決まりは決まりなので……」

しかもめちゃくちゃ気遣ってくれてる!

一番ショックなのはみきちゃんの筈なのに……

「ご、ごめんなさい、みきちゃん! いや、安彦先生っ!!」

「改まらなくても……みきちゃんでいいですよ? それに、夏休みに間さんと一度も会えなくなるのも少し寂しいですから、全然オッケーです!」

みきちゃん……優しい!!


そんなわけで、わたしは赤点一教科(補習つき)という結果で高二の夏休みを迎えることに決定した。

赤点一個は余計に思えるけれど、普段の結果を思えば全然オッケーだ!

確かに補習はあるけれど、夏休みの後半に数日だけ。それ以外は完全休みという……

えっ、最高では!?

二人もすっごく喜んでくれたし……えへへ、これで思いっきり夏休みが堪能できる！

……と、この時のわたしは浮かれに浮かれていた。

人生で初めて迎える、恋人と過ごす夏。想像するだけで頬が緩んでしまう。

けれど……この時は、知るよしもなかった。

この夏、わたしにとんでもない事件が待ち受けているなんて！

「それじゃあ、お昼ご飯は冷蔵庫にいれてあるから適当に食べてね」

「……」

「はーい……」

「ど、どうしたの、二人とも」

夏休み初日、出かけるわたしをわざわざ二人の妹が玄関まで見送りにきてくれたんだけれど……なぜかどちらも少し不機嫌そうだった。

上の妹、桜(さくら)は腕組みしたまま黙っていて、下の妹、葵(あおい)は返事こそしてくれたもののなぜかジト目を向けてきている。

「もしかして、冷やし中華嫌だった!?」

真っ先にぴんときたのはお昼ご飯だ。

夏らしくて、美味(おい)しくて、レンチンとかの手間も無いよう、冷やし中華をこしらえておいたのだけど、手抜きだと思われてしまっただろうか……!?

「葵、冷やし中華好きだよ。ていうかお姉ちゃんの手料理ならなんでも好きだよ」

「あ、葵ぃ……！」

ジト目のままだけど、めちゃくちゃ嬉しいことを言ってくれる葵につい感動してしまう。

でも、桜は黙ったままで……

「……なによ」

桜は……やっぱり嫌なのかなぁ？　お姉ちゃんの料理好きだよって言ってくれないかなぁ？

「う……」

言ってくれないのかなぁ……？

「っ……あ、アタシもお姉ちゃんの料理、好きだけど」

「わーっ！　ありがとう桜ちゃん！」

殆ど言わせたみたいなものだけど、最近の桜ちゃんはちょ〜〜っと反抗期気味で、『好き』も貴重になりつつあるので、ついつい嬉しくなって抱きしめてしまう。

「ちょ、お姉ちゃん!?」

「桜ちゃんだけズルいー！　葵が先に好きって言ったのに！」

「そうだよねっ。葵もありがとう！　お姉ちゃんも大好きだよー！」

あくまで葵も桜も、わたしの料理が好きって言ってくれただけなのだけど、そこはお姉ちゃんパワーで曲解しておく。

「ていうか、アタシも葵もお昼ご飯に文句があるわけじゃないんだけど」

「え、そうなの？　でもほら、『お姉ちゃん＝ごはん』みたいなところあるから、そういう話なんじゃないかなって」

「いや、ちょっと意味分からないけど……」

あっという間に塩対応モード……というか、本気で困惑させてしまったっぽい。

「葵達は、お姉ちゃんの不審な行動を心配してるんだよぉ」

「え、不審な行動……？」

「お姉ちゃんが夏休みの初日からおめかししてどっかに出掛けるなんてありえないもん！」

「い、いやぁ、おめかしなんて……」

「してるわよね。そのワンピース買ったばかりのでしょ」

「しょ、しょうだったかなぁ〜？」

「ていうか選んだのアタシだし」

そうでした。

桜にお願いし倒して、何着か一緒に選んでもらったのだ。

「ちょっとだけどお化粧もしてるでしょ！」

そして葵にも見破られてしまう。

わたし、メイクは下手くそなので本当に少しだけしかしてないのに……！

「ふふん、葵の目を誤魔化そうったって、十年早いんだから」

「べ、別に誤魔化そうとなんかしてないよ？」

「じゃあなんでそこまで気合い入ってるのか説明してよ」

二人の妹から思いっきり睨まれ、萎縮するわたし。

まさかこんなに食いつかれるなんて……でも、彼女とデートに行くなんて言えないしなぁ。

妹達を騙したくなんかないけど、でもわたしが女の子と付き合ってるって知ったら変って思われるかもしれない。

そんなの絶対傷つくし落ち込む！　色んな意味で！

「と、友達と遊びに行くだけだから！」

「本当に？　なんか悪い男に遊ばれてるとかじゃないの？」

「そんなわけないから！」

「でも友達と遊ぶだけでそんな気合い入れる？」

「き、気合い入れてるとかじゃないし？　おろしたてのお洋服着るのも、ちょっとメイクするのも、全然普通だよ？　お姉ちゃん高校生だから。大人だから！」

「「ふーん……？」」

「と、とにかくそういうわけなので！　待ち合わせ遅れちゃうからもう行くね！」

そして間家長女はざこキャラらしく妹達から逃げ出すのだった。

「あっ、こっちこっち！」

今日もいつもと同じ駅前で待ち合わせ。

先に着いてた由那ちゃんが大きく手を振って呼んでくれる。

「ごめん、遅れちゃって」

「えー、時間どおりよ。それにあたしも今来たところだから」

そう言って、ふわりと笑う由那ちゃんは今日もやっぱり可愛くて、ついつい見とれてしまう。

「由那ちゃん、そんなに可愛くて大丈夫……!?　ナンパされなかった!?」

「ふふっ、大丈夫よ。これがあるもの」

そう言って由那ちゃんはおしゃれなメガネをつける。

はっ、似合いすぎてて一瞬気が付かなかった……これって芸能人とかが付けるお忍びメガネというやつでは!?

「こうすればちょっと地味な感じになるでしょ？」

「いや、全然地味になんかなってないよ！　由那ちゃんの美貌とメガネのなんか頭良さそうな感じが合わさって、なんかもう……カッコイイ！」

「そ、そうかしら？」

「うん。完璧に変装するなら……鉄仮面つけるとか？」

「鉄仮面!?」

「そうすれば強者感が勝って……いやっ、でも由那ちゃんならワンチャンそれでもナンパされる可能性が……!?」

「どんなやつよ!?　あたしも、そのナンパ師も！」

由那ちゃんの可愛さは天井知らずだ。ナンパの危険性から彼女を守るには、わたしなんかの知恵じゃとても──

「それに……ナンパ避けならこうすればいいでしょっ」

由那ちゃんはそう言って、わたしの手をぎゅっと握ってきた。

それも指の間に指を絡ます、恋人繋ぎだ。

「あ……」

「こうすれば、周りからもあたし達がラブラブって分かるでしょ。そしたらわざわざ声かけにもこないわよ」

「らぶらぶ」

「ふ、復唱しないで……」

　由那ちゃんが耳を真っ赤にして俯く。自分で言ったのに。

「あと、これは四葉ちゃんを守るためでもあるんだからね？」

「え、わたし？」

「四葉ちゃんだってすっご〜く可愛いんだから！　放っておいたらいっぱい声かけられちゃうわよ」

「そんなことないと思うけど……」

「あるの！」

　ぷくっと頬を膨らませて抗議する由那ちゃん。可愛い。可愛い!!

　そんな由那ちゃんには到底敵わないと思うけれど、でも由那ちゃんから褒められるとなんとも嬉しいものがある。

「四葉ちゃんはただでさえちょっと無防備なところがあるから……凜花とも、いっつも心配してるのよ？」

「そ、そうなんだ」

「だから四葉ちゃんはあたしが責任持って守るから！」

　た、頼もしい！

　頼もしいけれど、胸を張ってドヤ顔を浮かべる由那ちゃんはやっぱり可愛かった。可愛いな、わたしの彼女。

「じゃあ、わたしも由那ちゃんを守るね！」

「うん、よろしくねっ」

と、わたし達はお互いにしっかり手を握って歩き出した。

今日のデートは映画観賞！

なんでも、ベストセラーにもなったとある恋愛小説がファン待望の映画化したというのだ。

と言いつつ、わたしも由那ちゃんも原作は読んでなかったりする。

むしろお互い初見なので逆に偏見無くてちょうどいい感じだ。

「でも、なんだか不思議な感じじね」

「なにが？」

「だって、これから男女の恋愛映画を観るわけでしょ？　彼女と一緒に」

「あー……確かに」

大きな商業施設の中にある映画館に着いて、ネットで予約していたチケットを引き取って――隅っこから改めてラウンジを見渡してみると、由那ちゃんの感想もたしかにって思える。

たぶんわたし達と同じ映画を観ようとしている人達が入場を待ってるけれど、その殆どが男女のカップルだ。

「あたしも高校入るまでは、将来男の子と付き合って、こういう映画観に行くのかな～なんて思ったりしたなぁ」

しみじみと、遠い昔を懐かしむみたいに由那ちゃんが呟く。

なんだか全然想像できちゃうな。由那ちゃんだったら、それこそ恋愛映画でヒーロー役やってそうなイケメン男子と付き合ってても全然変じゃない。

「でも、高校入ってからはもう考えなくなったわ」

「そうなの？」

「うん。だって……夢の中であたしの隣にいたのは四葉ちゃんだけだったから」

どくんっと心臓が跳ねた。

この子、なんてことを当たり前に言うんだ！

ああ、顔が熱い……！

きっと真っ赤になってるであろうわたしを見て、由那ちゃんがクスクスと笑う。

からかわれた……!?　と一瞬思ったけれど、でも髪の間から覗いて見える耳は真っ赤になっていて――

「そ、そうだ四葉ちゃん。ポップコーンとか買う？　ほら、一個買ってシェアしてもいいし」

少し言葉を詰まらせながら、照れ隠しみたいに話題を変える由那ちゃん。

そんな由那ちゃんはやっぱりもう本当に可愛くて、抱きしめたい衝動に駆られるけれど
……なんとか、頑張って自制する。

「あー……わたしはいいかな。なんかポップコーン頬張りながら観る感じの映画じゃないし」

「あはは、確かに」

「それに、さ……」

ぎゅっと由那ちゃんの手を握り、微笑む。

「間に何かあったら、由那ちゃんの手、握れないから」

「ふぇ……」

「せっかくだもん。由那ちゃんを感じてたくて……いいでしょ？」

そう聞いてはいるけれど、ぶっちゃけ由那ちゃんが嫌って言ったとしても放したくなかった。

由那ちゃんがわたしを好きになってくれた時と、わたしが由那ちゃんを好きだって気が付いた時は一緒じゃない。

それに、こうして恋人同士になって今も、わたしには凜花さんがいて……一途に由那ちゃんだけを想うことは、できない。

でも、わたしの、由那ちゃんのことを大好きって気持ちは本当だ！

だから、気持ちを伝えることは絶対に妥協したくない!!

「もう……四葉ちゃん、ずるい」

由那ちゃんは顔をぷいっと逸らして、拗ねたみたいに呟く。

「そんなこと言うなら、あたし、絶対放さないからね？」

「わたしだって放さないよ」

ぎゅっと手に力を込めて、はっきり主張する。

対し、由那ちゃんもしっかり握り返してきてくれて……手が、熱い。

「どきどきして映画に集中できなそう」

「えへへ、わたしも」

わたし達はお互いに照れ笑いを浮かべつつ、いつの間にか開いていた入場口へ向かった。

「うー……泣いたぁ……!!」
ハンカチ持ってきておいて良かった。
さすが人気の原作ということもあって、なんかもうめちゃくちゃ感動してしまった。

「病気は反則よね……すっごく感情移入しちゃった」

泣いてるのはわたしだけでなく由那ちゃんもだ。ていうかお客さんの殆どが泣いていた！

内容をざっくり要約すると……青春で甘酸っぱい恋模様からの、病気、死別、手紙の三連コンボを喰らわされたって感じだ。

ベタな王道ではあるけれど、王道だからこそハズレもない。

途中からはずっと手を握っていた由那ちゃんのことも考えてしまって……もしも由那ちゃんが不治の病の冒されてしまったらどうしようとか、逆にわたしがそうなった時に何を残せるかとか……おかげで余計悲しくなった。

「ああ、四葉ちゃん。あまり擦っちゃ駄目よ。まぶた腫れちゃうし、メイクも崩れちゃうから」

「うう、でもぉ……」

「ほら、見せて。……まぁ、これくらいなら大丈夫かしら」

思いっきり顔を覗き込まれ、つい恥ずかしく感じてしまう。

泣き顔だし、おせじにも綺麗って言えるものじゃないから。

対して由那ちゃんはすこし目元が赤らんでいて、鼻もちょっと赤くなっているけれど、全然様になっている。

ばっちりメイクも決めてるのに、全然崩れてないし……

「一応、ウォータープルーフのだから」

なんでか聞くと、由那(ゆな)ちゃんは少し照れたように視線を彷徨(さまよ)わせつつ答えてくれる。

ウォータープルーフってたしか、涙とか汗で落ちにくいメイクのことだよね？

「さすが由那ちゃん……泣くのも想定内だったんだ！」

「なんかそう言われると計算高いみたいで聞こえ良くないけど……でも、違うの！　四葉ちゃんとのデートは、いつもこれにしてて」

「そうなの？」

「……だって、もしも汗とかで崩れちゃったら、そんな姿四葉ちゃんに見られたら、あたし恥ずかしくて死んじゃう……」

「えっ、わたしのため!?」

「当たり前じゃない！　四葉ちゃんにはいつだって最高のあたしを見てもらいたいの！けっこう頑張ってるんだから！　メイクだって落とすの結構大変だし、服も色々試して、四葉ちゃんに褒めてもらえるかなって不安になって……昨日だって緊張してあまり眠れなかったし……」

「ゆ、由那ちゃん……」

か、可愛(かわ)い……!!

もじもじと恥じらいつつ、ちょいちょい上目遣いでこちらを伺ってくる感じ……あざといとも言えそうなこの仕草は、なんだか懐かしみがあった。

そう……葵がよくやる、『褒めて欲しい』の合図だ。

「由那ちゃんっ！」

「きゃっ!?」

そのいじらしさに完全にやられたわたしは、つい衝動のまま彼女を引っ張る。

そして、人気の無い階段の方に連れてきて……思いっきり抱きしめた！

「ちょ、四葉ちゃんどうしたの!?」

「由那ちゃんが、本当に可愛くて、良い子だなぁって」

「い、いいこ!?」

「うん。すっごく良い子！」

彼女を抱きしめたまま、頭を優しく撫でる。

由那ちゃんは最初びっくりしてたけど、でもすぐに気持ちよさそうに目を閉じた。

「もう、そうやってまた子ども扱いするんだから」

「だめ？」

「だめ……だから、罰としてあたしがいいって言うまで手止めちゃだめよ」

わたしの背中に手を回し、上目遣いにわたしを見つめて……思いっきり甘えてくる由那ちゃん。

もちろん逆らえるはずもなく、逆らうつもりもなく、わたしの中で由那ちゃんへの愛しさがどんどん膨らんでいく。

エレベーターもエスカレーターもあって、階段を使う人は殆どいない……なんて言っても当然誰かに出くわす危険性はある。

でも、止められない。そんなんじゃもう止まらない。

わたしも……由那ちゃんも。

「ねぇ、いっこおねだりしてもいい？」

「おねだり？」

「キス、して」

由那ちゃんはうっとりと微笑み、そんな可愛いおねだりを口にした。

「あたしね、『キスして』ってお願いするの好きなんだ」

「なんかそんなイメージある」

「ふふっ、だって口にしたら、あたしも四葉ちゃんも、もうキスのことしか考えられなくなっちゃうから」

おでこも、鼻もくっつけて、唇だけぎりぎり触れない距離で、由那ちゃんが囁く。

「じゃあ、このままキスしないほうがいい？」

「だめ……んっ」

唇同士が、重なる。

お互いを抱きしめ合いながら、わたし達は何度もキスを繰り返した。

「ん……ちゅ……」

「はぁ……んむ……」

由那ちゃんが好きな、触れては離して、触れては離してを繰り返す、ついばむようなキス。

ちゅ、ちゅっと唇が鳴るたびに脳が溶かされそうな感じがして、どうしたって由那ちゃんのことしか考えられなくなって……いつもキスが終われば、お互い酸欠になってしまう。

「はぁ……はぁ……」

「はー……よつばちゃん……すき……」

「わたしも、大好き……」

「あたしのほうがすきだし……よつばちゃん、だいすき……！」

すっかり甘えん坊になってしまった由那ちゃんを胸で抱き留めながら、わたしは時間も忘れて彼女のふわふわな髪を優しく撫でるのだった。

それから、随分と遅くなってしまったランチを取ったわたし達は、由那ちゃんの希望で映画館と同じ建物にある本屋さんに来ていた。

「あっ！　あった、あれよ！」

由那ちゃんに手を引かれるまま歩くこと数分、彼女が指さしたのはさっき見た映画のポスター……ではなく、それと一緒に平積みされた原作本だった。

「いいお話だったから、原作も読んでみたいなって」

「あ、それいい！　わたしも買おうかな」

「読み終わったら貸してもいいよ？　四葉ちゃん、あまりお金無いって言ってたし」

「うぐ……！　で、でもせっかくだから、感想とかリアルタイムで共有し合いたいもん」

由那ちゃんが読み終わった後に読んだら、読み終わる頃には由那ちゃんの熱も冷めちゃってるかもしれない。

確かに金欠気味ではあるけれど……またお父さんにお小遣いおねだりしよう。

「じゃあ、お互い読んだらまた感想言い合いましょ！」

「うんっ！」

というわけで、それぞれ同じ本を持ってお会計を済ませる。

またこの夏の楽しみが増えたな～なんて思っていると、由那ちゃんがつんつんっと腕を突いてきた。

「どうしたの？」

「あ、えっと……その」

「由那ちゃん？」

「あのね、本当にくだらないことなんだけど……ううん、くだらなくない。あたしにとっては、すっごく重要なことなんだけど、でももしかしたら四葉ちゃんは笑うかも」

「笑わないよ！　絶対！」

「向こう見ずに言い切るところが四葉ちゃんらしいけど……信じるからね？」

由那ちゃんはそう言って……バッと先ほど買ったばかりの本が入った袋を差し出してきた。

「これ、あげる！」

「え？　ええっ!?」

「ぷ、プレゼント……」

「ぷれぜんと……あっ！」

そういうことか！

わたしも同じように、自分の袋を差し出し返す。

由那ちゃんがホッとしたように頬を緩ませ……わたし達はお互いに相手の本を受け取る。

BOOK

これはプレゼント交換だ。

由那ちゃんからわたしに、わたしから由那ちゃんに……同じ本だけれど、由那ちゃんからプレゼントしてもらえたと思うと今までよりずっと特別なものに思える。

こんなことに気が付くなんて……由那ちゃんは天才だ！　わたしを喜ばせるプロだ!!

「……笑ってる」

「違うよ、ニヤけてるの！　これ、由那ちゃんだと思って大事にするね！」

「そう言われると……なんだか本に嫉妬しちゃいそう」

いじらしく唇を尖らす由那ちゃんについまたきゅんとしてしまう。

今日だけでいったい何回ときめかされただろう……

「さっ、日が暮れるまでもうちょっと時間があるわよ！　四葉ちゃんを独り占めできるチャンスなんてそう無いんだから、もっと色々回らなきゃ！」

「う、うんっ」

いや、まだ今日は終わってなかった！

言葉どおり、わたしの手を引いてずんずん歩いて行く由那ちゃんについていきながら、わたしは自分の心臓が最後まで保つかちょっと不安になるのだった。

そんなこんなで由那ちゃんとの映画デートが終わり……次の日！

今日は凜花さんとデートの約束だ。

二日ぶっ続けてデート……正直、一回一回の消費カロリーが大きすぎて、それ以上に充実感もすごくて、正直もっと余韻を感じる時間とかあってもいいなぁと思わなくもない。

でも結局デートできる喜びで、全部嬉しいに上書きされるんですけどね！　わたしって単純！　チョロい!!

そんな二日続けての朝からのおでかけだけれど、今日もやっぱり葵から不審がられてしまった。

それこそ、変だビョーキだお姉ちゃんが夏休み始まってゴロゴロダラダラしてないなんておかしい！　と正当な評価をもらって……葵はお姉ちゃんのことをよく理解しているねぇ。デートがなかったら絶対そうしてたと思うし。

ちなみに桜ちゃんは模試のため早々に家を出て行った。でも、なんか昨日帰ってからずっと不機嫌な様子で、口をきくどころか目も合わせてくれなくて……ちょっと気になる。

模試前だから緊張してたとか、かなぁ？　中三のこの時期の点数は志望校を決めるのにも重要になってくるっていうし。

「うーん……いやいや！　余計な心配はうっとうしいって思われちゃいそうだし！」

お姉ちゃんとしてはお節介も焼きたくなるけれど、桜からすればこんなポンコツ姉に何言われたって嬉しくないだろう。特に受験関係に至っては。

……とにかく、気を取り直してデートデート！

凜花さんはもう待ち合わせ場所に着いてるみたいで、ええと……駅前のモニュメントのすぐそば……？

「あっ」

思わず声が出た。

モニュメントのそば……そこだけまるで世界が違うみたいな、そんな錯覚を覚えずにはいられなかった。

半袖のシャツにロングパンツというカジュアルでシンプルな服装だけれど、彼女のスタイルの良さがハッキリ浮き出ていて、まるでモデルさん……いや、それ以上だ！

もちろんカメラなんか無いし、当の本人である凜花さんは、手元のスマホにじっと目を落としていた。

ど、どう声をかけよう。

凜花さんの立ち姿を一言で表すなら、「お忍び芸能人」だ。

まるで普段テレビ越しにしか見れないキラキラした人が、周りの目を避けるように目立たないようにしている感じ……目立たないとは言っていないけれど。

お付き合いしているはずなのに、なんだか声を掛けづらい感じがしてしまう。もちろん凜花さんが悪いんじゃなくて、わたしの問題だ。

（とりあえず、チャット送ろうかな……駅着いたよって）

持ち前のチキンを思う存分発揮したわたしは、そんな逃げを選択する。

あわよくばメッセージを確認した凜花さんがぱっと顔を上げて、わたしを見つけてくれたらいいなって、そんな下心で。

そう思って見守っていると……凜花さんはメッセージを読んだのか、少し表情を硬くする。

そして、スマホから顔を上げることなく……インカメで見ているのだろうか、指で軽く前髪を整え、何度か深呼吸して顔を上げた。

「……あ」

ばっちし視線がかち合う。

凜花さんがまん丸に目を見開いて顔を真っ赤にして……たぶん、わたしも同じ顔を浮かべているに違いない。

なんだか見てはいけないものを見てしまった感じだ。凜花さんが、わたしに会う前に緊張しているところなんて。

……でも、このままぼけっとしているわけにもいかず、わたしは意を決して凜花さんに近づく。

「お、おはよう凜花さん」

「……おはよう」

拗ねた感じで渋々挨拶を返してくれる凜花さん。

「四葉さん、チャットだと今着いたって書いてたのに」

「ご、ごめんなさい」

「完全に油断した……こんなダサいところ見られちゃうなんて」

はぁっと大きく溜息を吐く凜花さん。

わたしのチキンムーブのせいで落ち込ませてしまった……そんな罪悪感はありつつも、でも、わたしは咄嗟に叫んでいた。

「全然ダサくないよ！」

「よ、四葉さん？」

「むしろ一つ一つの仕草が絵になっていたし、まるで映画のワンシーンみたいでドキドキしたくらいだよ!?」

「こ、声大きいから!?」

まだまだ叫びたいことは沢山あったけれど、手で口を塞がれてしまった。

そして確かに凜花さんの言うとおり、わたしの大声で周りの人からの注目を集めてしまっていた。

　スポーツをやっている時は堂々としている凜花さんだけれど、こういう注目のされ方には慣れていないみたいだ。

　わたし？　わたしはいつどんな状況でも注目されるのは苦手!!

「行こっ、四葉さん！」

　居心地の悪さから、凜花さんはわたしの手を掴んでさっさと歩き出す。

　もちろんわたしも望むところではあるんだけど、おかげで凜花さんの服装を褒めちぎる機会も逸してしまったのはすごく残念だった。

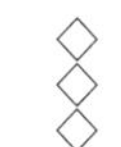

「ごめんね、凜花さん」

「べつに怒ってないよ。普通に声かけてくれれば良かったのにとは思うけど」

「だって、凜花さんカッコよすぎて……」

　手を引かれて歩きつつ、またついそうやって褒めてしまう。

　凜花さんの足がぴたっと止まり、じとーっとした目でこちらを振り向いてきた。

「四葉さん、そうやって煽ててれば私が浮かれるって思ってるね？」

「そ、そんなこと」

「まぁ、間違ってるって言えないのが我ながら情けないけれど」

凜花さんはそうぼやいて、恥ずかしそうに顔を逸らす。

「四葉さんが当たり前に褒めてくれるから、こっちはドキドキさせられっぱなしだよ……」

「それに関しては褒めるところしかない凜花さんが悪いと思う！」

「またそうやって煽てる」

「事実だから！」

だってこうやって付き合う前から、凜花さんはわたしにとって憧れだったのだ。

同い年とは思えないくらいしっかりしていて、カッコよくて、スポーツ万能で。

でもちょっと天然なところもあって、可愛いところもいっぱいあって。

何より、すっごく優しい。わたしのちょっとした何気ないことでも、しっかり見ていてくれて、フォローしてくれたり、気遣ってくれたりした。出会ってからずっとだ。

あの頃は、わたしなんかが褒めたって凜花さんは気にしないかなって思って遠慮することも多かったけど……でも、今は恋人なんだからいっぱい褒めたって問題ないはず！

「すべては凜花さんが優しいから悪いんだよ。わたしなんかに優しくするから、こうやってしっぺ返しを喰らうのです」

「ちょ、ちょっと言ってる意味が分からないかな……？」

「わたしが今も昔も凜花さんが大好きって意味です」

それだけは譲れない。

もし仮に凜花さんから拒絶されてそばにいれなくなったとしても、わたしが凜花さんを大好きだって思ってることだけは変えられないもの。

そして今は凜花さんのそばにいて、直接遠慮無く「好き」って言えるんだ。

そんなの言うしかないじゃないか！

「というわけで……凜花さん、今日のファッションも素敵です！」

「わっ、変なアクセルが!?」

「まさにお忍び……いや、『お忍べてない人気芸能人』って感じです！　オーラが半端ないです！」

「オーラなんて出てる……？」

「そりゃあもう放っておいたらスカウトがわらわら寄ってくると確信できます」

これについては凜花さん専門家のわたしが太鼓判を押します。

今は『お忍べてない人気芸能人』のオーラを放った一般人である凜花さんだけれど、今日にもスカウトされてガチの芸能人になる可能性だって全然存在している。

「もしかして今のうちにサイン貰(もら)っておいたほうがいい……!?」

「サインなんて書き方知らないよ」

どうやら凜花さんは小学生の時とかに自作サインを作って遊ぶみたいなことはしてこなかったみたいだ。結構流行ってたけれど。

……わたし？　あぁ、まぁ、うん……（遠い目）。

「それに、もし仮にスカウトされても付いてなんかいかないよ。四葉さんと一緒にいる時間減っちゃうし」

「そっか……そうだよね、へへへ」

世界中の人が凜花さんを目にする機会を奪ってしまうと思いつつ、凜花さんを独り占めできるほうが嬉しくて、ついニヤニヤしてしまう。

凜花さんはそんなわたしの頭を優しく撫でてくれる。

「な、なんか変な感じ」

「そう？　ああ、四葉さんはお姉さんだもんね。よく私や由那の頭も撫でてくれるし。この間も――」

「そ、そう！　撫でられ慣れてないの！」

この間、というのはテスト勉強期間のアレのことだろう。

正直あの時は暴走モードだったっていうか……思い出すと恥ずかしくて、死ねる。

「でも、私的には四葉さんを撫でてあげるのも好きだな。四葉さん、可愛くて、髪もさらさらふわふわで、凄く癒やされる」

「そ、そっかな？」

あまり言われたこと無いけれど、確かに桜も葵も可愛い系の顔立ちをしているので、わたしもそう見えなくもなくもなくもないかもしれない！

「もちろん、たまには私のことも可愛がって欲しいけど」

「か、可愛がるよ！　もう、腰が抜けちゃうくらい！」

「腰が抜けるくらい!?　お、お手柔らかに……」

凜花さんは少し動揺しつつも、どこか期待するみたいに頬を緩ませていた。

◇◇◇

今日のデートプランはおしゃべりしながら当てもなく街をぶらつく……というものでは当然無い。まぁ、それもそれで楽しそうだなーと思ったりするけれど。

ただ、ちゃんと最高のデートを楽しめるように凜花さんとプランを練ったのだ。

まずこの間テレビの夏休み直前特集で紹介されていたパスタ屋さんでランチを食べる。

ちょっと行列ができていて、二十分くらい待たされたけれど、凜花さんと一緒だったのでほぼ一瞬みたいなものだ。

噂どおりパスタは絶品！　盛り付けも写真映えしてそりゃあ人気出るよねーとか、そっちのもおいしそーとか、中身があるようで全然ない会話を楽しみながらランチタイムを楽しんだ。

そして——そんな前哨戦を終え、本日のメインイベント！

「カラオケだーっ!!」

スピーカーから出た、エコーの効いたわたしの声が部屋の中に響く。

「テンション高いなぁ」

「だって二人っきりでカラオケなんて初めてだもん！」

わたし自身、あまりカラオケには来ない。一人ではもちろん行かないし、ほとんど家族で来るくらい。

一度だけ、お付き合いを始める前に由那ちゃんも含めた三人で来たことがあって、それはそれですごく楽しかったけれど、誰かと二人きりというのは経験のないことだ。

しかもその相手が恋人の凜花さんなんて！　この状況だけでご飯三杯食べれそうだ！

「へへへ……」

二～四人用の、決して狭くはないけれど特別広くもない個室の中で、わたしはぴったり凜花さんの隣に座って、肩に頭を乗せる。

凜花さんは嫌がることなく受け入れてくれた。さりげなく腰に手を回してきて、むしろノリノリな感じだ！

「なんかすっごい落ち着く……」

「私もだよ。四葉さんあったかいから」

「あー、ちょっと冷房効いてるもんね」

「そういう意味じゃないよ」

またからかって、と抗議するみたいに凜花さんが頰を膨らます。

そして——

「こうすれば、言ってる意味が分かるでしょ？」

「わっ!?」

と、わたしを抱きしめ、大きな胸に埋めてきた……!!

や……柔らかい……!!

柔らかいし、あったかいし、いいにおいするし、それになんかトクトクとリズミカルな鼓動が聞こえてくるし、肌越しに伝わってくる。

「凜花さん、どきどきしてる」

「四葉さんはしてないの？」

「……してる」

凜花さんは優しく両手でわたしの頰に触れ、少し上に向けさせる。

その先にあるのは当然、凜花さんの顔で……わたし達は数秒、黙って互いを見つめ合う。

そして、どちらからともなく目を閉じ——

——コンコンッ。

「「っ!!」」

「お飲み物お持ちしましたー」

実にタイミング良く、店員さんがやってきた!!

ノックの音が聞こえた瞬間、咄嗟に離れるわたし達。店員さんは返事を待たずに当たり前のようにドアを開け、そそくさとウーロン茶を二杯テーブルに置いて出て行った。

「「…………」」

必要以上に室内を見ない、まさにプロの店員さんの動きだ。

ただ、空気だけは完全に冷え込ませていった。

先ほどは全然気にならなかった、テレビから出る音がやけにうるさく聞こえた。

「とりあえず……何か歌おうか?」

「……うん」

口惜しさを感じつつも、今からじゃあ改めてキスしましょうか、なんてとても言えず、わたし達はマイクを握るのだった。

楽しい！！！

わたしは今、カラオケの真なる魅力を体験しているよ!!

「ふぅ……どうだった、四葉さん？」

「最高!!」

今はちょうど凜花さんが歌い終わったところ。

わたし達は歌えるレパートリーが大体被っている。

大体情報源は動画サイトで流行ってる曲とか、ＣＭソング、ドラマの主題歌とか、年末の音楽番組で流れる歌とか……そんな有名なものばかりだ。

つまりなんの疑問も無く盛り上がれるのである！

そして何より、凜花さんは歌も上手だ!!

普段から凜としたよく通る声をお持ちの凜花さんだけれど、それがプロの作った楽曲に乗れば、さらに至上のものへと昇華される。

そんな神からの贈り物を独り占めしちゃうなんて、なんて贅沢なんだ……！

もちろん歌だけじゃなくて凜花さんも素敵だ。

真剣な表情も、不意にわたしに目を向けて頬を綻ばせるところも、すっとした立ち姿も全てが様になっている。なりすぎている！

できることならずっと眺めていたい。ついそう思ってしまうのもしかたがないことだろう。

「次、四葉さんの番だよ」

凜花さんはそう、リモコンを差し出してくる。

歌うのは好きだけど、凜花さんの歌の後となると恥ずかしいというかなんというか……。

「楽しみだな、四葉さんの歌」

でも凜花さんはいつもそう言ってわたしを煽ててくれる。

喜んでくれるし、一緒にノってくれるし、ついついわたしも気を良くして全開で歌っちゃうのだ。

「……ん？　あ、これ！」

そういうわけで、次の曲を検索していたんだけれど、ある有名なラブソングが目に入った。

それはわたしにとって思い出深い曲で……というのも、以前凜花さん、由那ちゃん、わたしの三人でカラオケに来た時に、二人が歌っていた曲なのだ。

それも、デュエットで！

二人の美声が合わさって、そりゃあもう幸せな時間だった……！

「どうしたの？……あ、この曲」

リモコンを覗(のぞ)き込んできた凜花さんも、同じことに気が付いたみたいだ。

「また凜花さんの歌ってるの聞きたいな～なんて」

「……とかいって、自分のターン飛ばそうとしてるんじゃないの？」

「そ、そんなつもりございませんよ!?」

ほんのちょっぴり、そんな下心が無かったかといえば嘘(うそ)になるけれど、でも、聞きたいっていうのがメインテーマだもん！

「でも、ちょっと懐かしいね。この曲、四葉さんに向けて歌ったんだよ？」

「え、そうだったの!?」

あの時は完全に、お互いがお互いに向けたラブソングだと思っていた。

聖域尊いな……なんて思いながら、息を押し殺し、涙を押しとどめて聞くのに夢中で全然気が付いてなかった。

……ていうか、三人でカラオケ行ったの、お付き合いする前だよね!?

「いわゆる、におわせってやつ？」

「わたしにおわされてたの!?」

「あの時だけじゃないよ？　ほかにもいっぱい。どうせ四葉さんは気が付かないからって、私達もエスカレートしちゃって」

「エスカレートしてたんだ……」

やっぱり全然気付かないわたしだった。

そりゃあ確かにラブソングらしく、歌い手が聞き手に愛を伝えるような歌詞だけども。

「って、自分で言っちゃうとなんか余計に恥ずかしいね……あ、そうだ！」

凛花さんは何か閃いたみたいに表情を明るくする。

そして、キラキラと輝いた目でわたしを見つめてきた。

「それじゃあ、私と四葉さんでデュエットしよう！」

「えっ！」

「だって、恋人同士だもん。デュエットしたってなんらおかしくないよ」

そう無邪気に微笑む凛花さんを前にして、断るなんて選択肢は一切頭に過らなかった。

わたしの歌声じゃ邪魔になっちゃうかも……と一瞬思いはしたけれど、でもよくよく考えればこの場にいるのはわたし達だけなんだから、そんなの気にする人はいないのだ。

リモコンから曲を転送すると、すぐに前奏が流れ出した。

「あ、マイク」

「一本あれば十分だよ」

凛花さんはそう言って身体を寄せてくる。

そして、どちらの声も入るようにマイクを構えて……はっ、天才！

「ふふっ」

ほっぺたがくっつきそうな距離で、凜花さんが微笑み、スピーカーから流れ出した音楽に合わせて歌い出す。

その一個一個の所作が美しすぎて、つい惚けてしまうわたしだけれど、自分のパートが来て慌てて歌う。

そんなわたしを温かな目で見守ってくれる凜花さん。

隣で、一緒にひとつの歌を歌いながら……わたしはどうしても彼女のことしか考えられなくさせられてしまう。

彼女の温もりも、ずっと嗅いでいたくなる香りも、耳が溶けてしまいそうなくらい甘い歌声も……「愛してる」「大好きだよ」、そんなよくあるフレーズも。

全部が、容赦なくわたしに襲いかかってきて……ああ、まずい。だめだ、もう。

「凜花さん……」

じんわり涙がにじむのを感じながら、わたしは曲の途中にかかわらず彼女を呼んでいた。

「っ……！」

凜花さんもはっと目を見開き口を閉じる。

できればちゃんと歌いきりたかったけれど、でも、できない。

歌詞以上のものが溢れ出てしまいそうで、歌詞に乗せたままじゃ切なくて——

「ん……」

そんなわたしの口を、凜花さんは何も言わず唇で塞いでくれる。

同時にぎゅっと抱きしめてくれて……ああ、すごく安心する。

「……ふふっ、今度は邪魔されなかったね」

「うん……」

腰が抜けそうになってしまったわたしを支え、そっとソファに座らせてくれる。

そしてリモコンでスピーカーからの音を消して……わたしを、ソファにゆっくり押し倒す。

「四葉さん、好きだ」

「わたしも好きだよ、凜花さん」

覆い被さり、覆い被さられ、わたし達は互いを見つめ合ったまま、言葉を交わし合う。

プロの作詞家が作ったよりもずっと幼く短い愛の言葉を。

「んむ……」

「ぁ……」

凜花さんのキスは、唇をぎゅっと押しつける力強いキスだ。

たっぷり思いっきり甘えて、一度摑(つか)んだら離さないっていう意志を感じる。

もちろん、逆らう気なんて欠片(かけら)もないけど。

「ん、はぁ……」

段々頭がぼーっとしてきた時、凜花さんの唇が離れる。

「四葉さん……」

頬を赤くして、目を潤ませて……わたしが逃げられないように、しっかり両腕を押さえながら、凜花さんはゆっくりと口を開く。

「わがまま、言っていいかな……？」

「え？」

「その……もっと深いの、してみたい」

「深いの……？……って、えっ!?」

深いって、この状況だとそういう意味しかないよね？

それを求められていると自覚した瞬間、どくんと心臓が跳ねた。

今まで一度も意識したことが無かったと言ったら嘘になる。

いつものキスより……もっと、深い、キス。

「う、ぁ……」

すぐに返事できなかった。

だって……少し怖かったから。

もちろん凜花さんがってわけじゃない。

怖いのは、今の自分が知らない何かを知ることだ。

凛花さんと、そして由那ちゃんと、今こういう関係でいられるのは奇跡みたいなもので、もしかしたらちょっとしたきっかけで崩れてしまうかもしれない。

でも今日、わたしが知るより深い、未体験のキスをすることで……わたしの中の欲望が、枷を外してとめどなく溢れだしてしまうかもしれない。

さらに先に、今よりもっと上があるんじゃないかって、どんどん求めてしまうかもしれない。

「わ、わたし……」

できることなら、有無を言わさず無理やり唇を奪ってほしい。

凛花さんがしたいままにむちゃくちゃにしてほしい。

凛花さんも、由那ちゃんも、優しくなくたって、わたしは嫌いになったりしないのに。

「…………」

けれど、凛花さんは動かない。

ただじっとわたしを見つめたまま、答えを待ってくれている。

普段凛として真っ直ぐな瞳は、不安に揺らめいていて……まるで、わたしに告白をしてくれたあの日と同じものに見えた。

(きっと凛花さんも怖いんだ)

二人が優しいのは、二人だって怖いからだ。

勇気を持ってこちらから一歩踏み出しても、向こうの気持ちは同じじゃなくて、拒絶されるかもしれない。

もしもわたしがそうなったら……きっと、バカみたいに泣いて、動けなくなってしまうだろう。

それはわたしなんかよりずっと完璧に見える二人だって同じなんだ。

今、凛花さんは一歩踏み出してくれた。

たしかにわたしには怖いって気持ちもある。

でも……確かに、もっともっと知りたいって、仲良く——ううん、深い関係になりたいって思っている。

だから——

「……いいよ」

そんなの、応えるに決まってる。

わたしは凛花さんの首に腕を回し、彼女の顔を引き寄せた。

凛花さんは一瞬驚いた顔をしたけれど、すぐに嬉しそうに笑ってくれた。

「また、邪魔されちゃったりするかな？」

「いいよ。見せつけちゃお」

自分でもびっくりするぐらい大胆なことを言ってしまった。

それぐらい高揚している。

「ん……」

「んむ……ふぁ……」

唇だけじゃない、お互いの舌が——触れる。

瞬間、全身に電流が走った感じがした。

頭の奥がちかちかして、思考が吹っ飛ぶ。

(凜花さん。凜花さん。凜花さん)

頭の中が彼女で埋め尽くされていく。もっと、もっと彼女が欲しい。

力一杯彼女にしがみついて、必死に舌を動かす。

もっと深く繋がりたくて、もっと凜花さんを味わいたくて……

——ちゅぷ……くちゅ……

つい必死になってしまって、変に音が立ってしまうのが恥ずかしい。

ちゃんとできているだろうか。凜花さんの期待に応えられているだろうか。

「ん、はぁ……」

息を荒くしながら、凜花さんの顔が離れる。

さっきまでのキスよりずっと夢中になっていたのだろう……酸欠でさっきよりずっと苦しい。

それに、さっきまでのキスと違って、わたし達の唇の間には透明の糸が繋がっていて

……本当にわたし達がいつもより深いキスをしていたんだって、はっきり実感する。

「四葉さん……」

凜花さんは熱のこもった声でわたしの名前を呼ぶと、ゆっくりわたしの服に手を掛ける。

その意図を察しながら、わたしは一切抵抗せず、ただじっと凜花さんを見つめて――

――プルルルルッ！

「「っ……!!」」

本当に、なんてタイミング良く鳴るんだろう……!?

部屋に備え付けられた内線の音に、わたし達は反射的に肩を跳ねさせた。

さっきは「見せつけてやろう」なんてかっこつけて言ってたわたしだけれど、実際に水を差されると一気に頭が冷えていくのを感じた。

「あ……っと、はい。ええと、あと15分」

取りやすい位置にいた凜花さんが内線に出てくれる。

どうやらお部屋の時間が終わる旨の連絡みたいだ。

「延長は、ええと……大丈夫です」

話ながら、一度こちらに目を向け、延長をお断りして内線を切った。

「……ごめん、四葉さん」

「えっ？」

「私、ちょっと暴走してた。四葉さんの気持ちを無視して、こんな……」

「ぜ、全然そんなことないよっ!?」

そりゃあ確かにあのまま内線が鳴らなかったら、もっと凄いことになってたかもしれないけれど、わたしも受け入れてのことだ。

凜花さんが悪く思うべきことなんか何も無いのだけど……でも、こう気を遣ってくれるところがやっぱり凜花さんっぽくて好きだ。

延長しなかったのもきっとそういう理由だと思う。

わたしはそんな優しさが嬉しくて、凜花さんにぎゅっと抱きついた。

「四葉さん!?」

「……えっと、あと15分だっけ？」

「う、うん」

「じゃあ、残りはちょっとゆっくりしよ？　なんか暑くなっちゃって……クールダウンしなきゃだし」

「うん……そうだね」

凜花さんは微笑んで、わたしを抱きしめ返してくれる。

こうして抱きしめ合っていると、やっぱりどきどきするけれど、同時に落ち着きもする。

恋人ってやっぱり不思議だな、なんて思いつつ……わたしはもっと凜花さんを好きになっていくのだった。

「それじゃあ、ここまでかな」

凜花さんは少し寂しそうに笑った。

集合場所と同じ駅前で解散するというのが、デートの決まりみたいなものだ。

家まで送りたいって気持ちはしっかり伝わってくるのだけど、さすがに家族に見られたらびっくりさせちゃうので、それは遠慮している。

そういえば凜花さんや由那ちゃんはご家族にわたしのことをどう話しているんだろう？

わたしはよく二人の家に遊びに行くし、友達としては認知されてるとは思うけど……

「四葉さん？」

「あっ、ごめん！　ちょっと考え事してた」

まぁ、わざわざ聞くのも変だしなってことで、わたしはその疑問を頭の隅に追いやった。

わたしの頭のことだ。きっと明日には忘れていることだろう。

「ありがとう凜花さん。今日も楽しかったよ！　カラオケでもいっぱい歌えたし」

「私も楽しかった。その……ありがとう」

少し照れくさそうな凜花さんはすごく可愛くて、わたしも自然と頬が綻んだ。

帰り道を歩きながら、わたしは深く息を吐いた。

最近、一人になると途端に寂しくなる。

二人と一緒にいることが当たり前になりすぎて、恋人になるまで……ううん、二人と出会うまで普段わたしがどう過ごしていたのか、もう思い出せなくなってしまった。

まだ夏休みが始まって二日目なのに、こんなに充実していていいんだろうか。

それに——

「大人のキス……かぁ」

凜花さんとした、舌と舌を触れ合わせるキス。

すごく甘くて、頭がぴりぴりして、力が全部吸い取られるみたいなあのキスは、まだ子どもなわたしにはすごく強烈なものだった。

今もまだ凜花さんの味が口の中に残ってる感じがするほどだ。

そんなキスを、きっとそう遠くないうちに由那ちゃんともするだろう。

それに凜花さんとも、もっともっと——

「考えるだけで頭が変になりそうだ……」

一人分でも大変なのに、まだあの初体験が待ってるなんて……！

……でも、全部わたしが選んだことだ。

由那ちゃんも凜花さんも、どっちも幸せにする。

二人がわたしを恋人にしてくれたこと、絶対に後悔してほしくないから。

とにかく明日は予定無いし、しっかり今後の計画を練ろう！

「ただいまーっ！」

しっかり意気込みつつ帰宅！

昨日もそうだったけれど、この帰宅してからが結構大変なのだ。

朝干しといた洗濯物を取り込んで、晩ご飯を準備して、お昼できなかったお掃除をして
……てきぱきやらないとあっという間に夜になってしまう。

「おかえり、お姉ちゃん」

玄関に入ってさっそく、ちょうどそこにいた桜が声を掛けてくれた。

「あ、桜。ただいま。模試終わったんだね」

「あのさ、ちょっと聞きたいことがあるんだけど」

桜は、腕を組んでわたしをキッと睨み付ける。

彼女も帰ったばかりなんだろうか、まだ模試に行った時と同じ制服のままだ。

「ねぇ、先に着替えたら……」

「話逸らそうとしないで」

なんだろう、いつもより若干不機嫌ムード強めというか……？

「お姉ちゃん」

「は、はいっ？」

「昨日さ、友達と遊びに行くって言ってたわよね」

「う、うん。そうだよ」

「あれ、嘘でしょ」

「え、嘘って……」

「本当は……デートしてたんだよね」

「……え？」

一瞬、何を言ってるのか理解できなかった。

デートシテタンダヨネ……でーとしてたんだよね……デートしてたんだよね⁉

（み、見られてた？　いつ、昨日、デート、どこ……ていうか、ええっ⁉）

わたしはいきなりのことに半ばパニックになりつつ、でもどうしていいか分からないくて、ただ呆然と立ち尽くすしかなかった。

「さぁ、どういうことか、説明してもらえるわよね？　お姉ちゃん」

次の日の朝、リビングのソファに座らされたわたしに、桜がピリピリとした口調で尋問してくる。

腕を組んで、強く睨み付けてくる彼女は、言外に「絶対逃がさない！」と宣言しているみたいだった。

その気持ち、お姉ちゃんはとてもよく分かる。

なんせ、昨日帰ってから桜ちゃんに追及されたことでパニックになったわたしは、すぐさま「なんのこと!?　あっ、わたし晩ご飯の準備しなきゃ！」と我ながら酷すぎる誤魔化し方で逃げだしたのだ。

しかもその後も「洗濯物取り込まなきゃ！」「お風呂掃除しなきゃ！」「宿題やらなきゃ！」と、桜が何か言おうとするたびに逃げ続けたのである。

最低だ。客観視するまでもなく最低な姉だ！

結果、桜の鬱憤が溜まるのも当然のことで、朝ご飯を食べ終え、出勤する両親を見送った直後にわたしは、桜ちゃんに首根っこを摑まれてここに座らされたわけである。

「葵も聞きたいなぁ～？　いいよね、お姉ちゃん？」

そしてなぜか葵も一緒にいる。

いや、なぜかじゃないか……二人は同じ部屋なんだし、情報交換してても変な話じゃない。


「葵も見たよ。お姉ちゃんが楽しそうにデートしてるとこ」

「葵もっ!?」

情報交換どころじゃない！　葵にも目撃されてた!?

「ばっちし見たよ。お姉ちゃんが女の人と仲良さそ～にしてたとこ」

葵は口調こそ明るいけれど、どこか刑事ドラマで犯人を追いつめる時みたいな威圧感を放っていて、ある意味桜以上に怖い。

「ええ、本当に仲良くしてたわよねぇ。人が真面目に参考書買いに行ってる時に、人目も憚らずイチャイチャと……！」

やっぱり桜も怖い！

どうやら桜には由那ちゃんと本屋であの映画の原作本を買ってるところを見られていたらしい。

「い、いや、あのね……？」

「もしかして、あくまで距離感の近いお友達ってだけで、デートしてたわけじゃないとか言おうとしてる？」

ぎくっ！

「確かにお姉ちゃんには友達って呼べる友達、これまでいなかったけど……でも、だからってあんな距離感で一緒にお買い物したりするかしら」

「しっかり手も繋いでたよね……恋人繋ぎで！」

恋人繋ぎ……指と指を絡めるその手の繋ぎ方は確かに恋人同士じゃないと成立しない……！

「それにお姉ちゃん……アタシ達が見たことない顔してた」

「……え？」

「幸せそうで、とろけた笑顔で、相手の人に、全部委ねてる感じ……あんなの、一度だって……」

桜はそう、ぎゅっと拳を強く握りながら、何かに堪えるように絞り出す。

そんな桜を庇うように、葵が一歩前に出た。

「ねぇねぇ、お姉ちゃん。家出る前言ってたよね？　友達と遊びに行くって」

「は、はい……」

「嘘吐いたんだ」

「うっ……」

棘（とげ）の強い言葉に、わたしはただただうろたえるしかない。

ドラマで見た、浮気がバレて責められる人みたいな状況だ。

そりゃあ、確かに桜と葵から見ればこっそり付き合ってたことになるけれど、決して浮気とかじゃ――

「なんか、言い訳考えてる？」

「考えてませんっ！　ごめんなさいっ！　嘘吐いてました!!　デートしてましたぁっ!!」

あまりの迫力に、わたしは深く深く頭を下げた。だって、桜も葵もすっごく怒ってるし！

でも、冷静に考えればそうだよね!?　だってわたし、二股しちゃってるわけだし！

実の姉が二股かけてるなんて、妹達からすれば不潔だって思われても仕方ない。

しかも相手は男性じゃなくて、どちらも女性なわけだし……。

「相手、すごく綺麗（きれい）な人だったわよね」

「葵もびっくりした。あんな綺麗な人、初めてみたもん！」

「アタシも。だから分からないのは、どうしてあんな人がお姉ちゃんと付き合ってるわけ？　わざわざ嘘まで吐いてさ」

「えっと、その、どこから説明すれば……」

こんな状況では何を言っても納得してもらえなそうで……どうしよう……!

「そもそもどこで知り合ったの？　ナンパされたとか？」

「ち、違うよ！　ええと、元々二人は高校のクラスメートで……」

「二人？」

葵が首を傾げ、そして桜も不審そうに眉をひそめる。

あ、あれ？　そこで引っかかるの……？

「二人って、お姉ちゃんと恋人さんのこと？」

「普通そんな言い回ししなくない？」

……あれ？　これ、もしかして……二股はバレてない……!?

そうだ、よくよく考えれば昨日と一昨日は、一人ずつとのデートだったんだ！

三人でデートしているわけじゃないんだから、一度見られただけで二股に繋がるわけじゃない！

「あ、いや、そ、そうだよね～！　二人はって三人称視点かっ！　なーんてぇ……」

つ、冷たい！　桜ちゃんの目がとんでもなく冷たい!!

「……お姉ちゃん、まだ嘘吐いてるの？」

「え、あ……いや……」

勢いで誤魔化そうとして、余計不信感を煽ってしまった!?

でも……これ以上、さらに嘘を吐くのか、わたし。

そんなのいいんだろうか。桜と葵がこんなに怒ってるのに。

でも……でもでも、二股してますなんて、そんなことどう説明すれば……！

「ねぇ、お姉ちゃん。そんなに葵達のことイヤ？　恋人さんのこと話すのも……」

「え……？」

「お姉ちゃんが知らない間に誰かと付き合って、葵達にも見せてくれないような幸せそうな顔でデートしてたの……正直すごくショックで、葵、友達の前だったのに泣いちゃって……」

そう言いながら、今もぽろぽろと涙をこぼす葵。

どうしてそんなにつらくなってしまっているのか……わたしはお姉ちゃんなのに、葵をずっとそばで見守ってきた筈なのに、全然分からなくて……ただ戸惑い、固まってしまう。

でも、桜はそんな葵の心情を理解しているみたいだった。

桜は何も言わず、葵を慮るように背中を擦る。

二人とわたしの間には目には見えない、けれどバカなわたしにでも分かるくらい分厚い壁があった。

けれどその壁の正体をわたしは知らない。妹達だけが知っていて、わたしが知らない、何かがある……

「わたしは……二人のこと大好きだよ……」

わたしも泣いてしまいそうだった。

イヤになるわけがない。そんなの、疑われたくもない。

どんなに嫌われたって、もしも忘れられたって……どんなことがあっても、わたしは
ずっと二人を大好きで居続けるって決めたから、だから――

「葵……それに桜も。隠し事してて、ごめんなさい。わたし、二人を傷つけたかったわけ
じゃなくて……でも、その……あの……」

ずきずきと胸が痛む。

今も謝りながら、さらに大きな隠し事を抱えている。

どうしよう。言わなきゃいけないのに、勇気が出ない……

「……いいよ、アタシは」

「桜ちゃん……」

「葵も、いいよね。仕方ないわよ。こうなっちゃったんだもん」

「……うん」

そう二人は納得するように頷き合う。たぶん、無理やりに。

「お姉ちゃんの彼女さん、悪い人じゃ無さそうだったもん。ちょっとこなれてそうという
か、垢抜けた感じはあったけどさ……お姉ちゃんのことが本気で大好きだって、アタシに

も分かったから」

「桜……」

「だって……だってアタシ………ううん。もう、いい」

どうしてこんなに胸が痛むんだろう。

嘘で傷つけてしまったから……だけじゃない。

何か、それとは違う苦しさがある。

「葵も……あんな素敵な人と一緒にいるの見せられちゃったら、もう、どうしようもないもん。一緒に歩いてるのを見かけただけだけど、すぐにお姉ちゃんが恋人さんのこと好きだってこと、分かったよ。恋人さんも、お姉ちゃんのこと優しく見守ってて……葵もあんなカッコイイ人になれたら良かったのかなぁ」

葵に感じる痛みも同じだ。

二人の、何かを諦めたような言葉が、思いが……わたしの気付いていない、もしかしたら気付いちゃいけない何かに触れているみたいで――

「……ちょっと待って？」

葵の言葉と、わたしの思考をぶった切るように桜が口を挟んだ。

「カッコイイ？」

じっくり、一音一音を確かめるように葵の言葉を繰り返す桜……あっ！

ま、まさか……？

「アタシが見た、お姉ちゃんの恋人さんは……可愛い人だったよ？　そりゃあもう、アイドルグループでセンター踊ってそうなくらい」

「え？　葵が見たのは可愛いっていうより、一瞬男の人って思ったくらいのイケメンさんだったけど……」

あ、あれ、なんか食い違いが……？

桜がわたしを見たのは一昨日だったよね？　参考書を買いに本屋さんに言ったタイミングで、わたしと由那ちゃんを目撃したって。

でも、葵がいつわたしを見たのか……そういえば聞いていなかった。考えてもいなかった！

途端に背中に、搔き切ったと思っていた嫌な汗がまた浮かんでくる。

「あ、あの二人とも……わたし、まだ言えてなかったことが……」

「ねぇ、葵。その人どんな見た目してた？　例えば髪型とか」

「髪型？　ストレートの長い黒髪だったよ」

「……あのね、葵。アタシが見たお姉ちゃんの恋人さんは、ふわっとした茶髪だったの」

「え……？」

二人は気付いてしまった。

そしてわたしも気付いた！

葵がわたしを見たのは、一昨日じゃなくて昨日だったんだ!!

「ねぇお姉ちゃん？」

「は、はひ……」

「アタシと葵の意見を合わせると……お姉ちゃんは可愛い茶髪の人と、カッコイイ黒髪の人、二人とデートしていたことになるわよね？」

「あ、えと……」

桜の目がこれまでに無いくらい鋭い。

葵も信じられないものを見るような目を向けてくる。

「葵、お姉ちゃんを見たのっていつ？」

「……昨日」

「だとすると……まぁ、不可能ではないわね？　例えば恋人さんがデート後に美容室に行って、髪をストレートに矯正して黒く染めたとか」

桜がじわじわと追い詰めてくる。

もっと分かりやすくて、でもとても信じられない答えに辿り着いているのに、それをハッキリ言ってこないのは、「お姉ちゃん、どうせそう言い訳するつもりでしょ？」と言外に含んでいるように思えた。

まるで探偵が、犯人のトリックをひとつひとつ紐解いていくような……心臓がバクバクと破裂しそうなくらいに跳ねている。

「桜ちゃん、例えば身長とかどうだったかな？」

「そうね葵。アタシが見た人はお姉ちゃんよりも低かったわ」

「へぇ～、葵の見た人はお姉ちゃんよりも身長高かったなぁ。でも有り得なくないよね。成長期で一日経ったらバーンと伸びたのかもしれないし！」

「そうね。有り得なくもないかも！」

二人はお互いおちゃらけるみたいに、ぶすぶすと言葉のナイフでわたしを突き刺してくる。

でも既にがっしり握っている首切り刀は振り下ろしてこない。

決定的な一撃は、最後の一歩は、わたしに委ねられていて……！

「ごめんなさぁぁぁい!!　わたし、二股してましたっ!!」

わたしには、もはや切腹以外に道は残されていなかった。

謝罪と共に思い切り土下座する姉に絶句する妹達。

いや、もはやわたしのことを姉と思う感情は残っていないかもしれない。

それくらいに空気は冷え切って、わたしを見限った妹達が去る足音を聞いてもなお、わたしは頭を上げることができずに、床に蹲るしかなかった。

二股がバレた。それも妹達に。

その事実を受け止めきれず、そして部屋にこもってしまった二人に、ドア越しにどんな言葉を伝えればいいか分からず……わたしは逃げるように外に出た。

そう、逃げたのだ。また。

都合が悪くなるとすぐ逃げる。それが自分の欠点だってことは分かってる。

でも……立ち向かってもどうせ上手くいかない。

そんな悲観も染みついてしまっている。

「本当にバカだ、わたし……救いようがない大バカだ……」

もう妹達がわたしに笑顔を向けてくれることは無いかもしれない。

でも、原因となった二股を……由那ちゃんと凜花さんとの関係を無くすべきか、と考えたら……嫌だと思ってしまう。

（だって、もうバレちゃったんだもん……今から解消したって、手遅れだし……）

そんな言い訳が自分のためだけのものだって分かってる。

でも、失いたくない。大好きな彼女達を。

でもでも、このままじゃ失ってしまうかもしれない。大好きな妹達を。

どちらかを選べばどちらかが残るなんて単純な話じゃないけど……

当てもなく彷徨(さまよ)って、辿り着いたのは家からそこそこ離れた場所にある公園だった。

正直来たことは殆(ほとん)ど無い。知ってたのが奇跡って思えるくらいの場所だ。

でも、近所だとどこも妹達との思い出が染みついてしまっていて……逆に都合が良かった。

ベンチに座り、すっかり癖になった溜息(ためいき)を吐(つ)く。

なんだか頭がボーッとする。でも、これもちょうどいいかもしれない。

ボーッとしてくれれば、考え事をしなくて済むから。

「ああ、生まれ変わったら鳩(はと)になりたい……自由に空を飛びたい……」

たまたま、公園で散歩していた鳩を眺めながら、そんな独り言を呟(つぶや)いた——

「だめですの」

「……え？」

「ハトは日本の外だと普通に食べられてるですの。ヨツバはどんくさいからすぐ捕まって食べられちゃうですの」

いつの間にか、隣に等身大の西洋人形が座っていた。

……いや、人だ!?

金色の長いウェーブした髪、青空のような瞳……あれ？　情景描写に既視感が……？

「でも、日本だとハトの狩猟は許可ないとできないですの。だからヨツバがハトになっても日本にいれば大丈夫ですの」

「って……あっ！　咲茉ちゃん!?」

「こんにちはですの！」

静観咲茉ちゃん。たしかうちの高校の一年生で、スウェーデン生まれのダブルで、聖域ファンクラブの副会長である小金崎さんを慕っている、腕っ節の強い幼女系美少女だ。

制服姿のイメージがついててすぐに分からなかった。

ていうか……なんでゴスロリ着てるの!?　めちゃくちゃ似合ってるけども！　暑そう!!

ただ、ヘッドドレスはなくて、髪にはなぜか手裏剣のヘアピンを付けている。そういえば前は三色団子だったたな……？

「今日はおでかけで、ちょっとおめかししてるですの」

「おでかけ？　どこか行くんだ」

パーティーとかだろうか。にしてもお昼からこんな格好で外を歩くのは大変そうだけど。

「目的とかはないですの」

「んん？」

「目的なくお散歩するおでかけですの」

……よく分からないけれど、なんだか自由で摑み所がない感じが咲茉ちゃんっぽかった。

不思議ちゃんってこういう子のこと言うんだろうな……。

「そしたらヨツバを見つけたですの。今日はリキャティですの♪」

「りきゃてぃ？」

「あっ、幸運ですの」

うっかり、という感じで訂正する咲茉ちゃん。

もしかしたら幸運のスウェーデン語的な発音だったんだろうか。

「わたくし、日本語勉強中ですの。だからできるだけ日本語で話すように、お姉さまからもオススメされてるですの」

「そうなんだ……すごいね」

「すごくないですの。ヨツバのほうが日本語使いこなしてるですの。ヨツバのほうがすごいですの！」

そりゃあわたしは日本人だし、それしか喋れないから……と思いつつ、褒められると悪い気はしない。

咲茉ちゃん、裏表が全く無いというか……すごく真っ直ぐ言ってくれるから。

「あ、ヨツバ。お水飲むですの？」

「え？」

「顔色良くないですの。この前と同じですの」

　この間というのは、咲茉ちゃんに屋上へ拉致された時のことだろうか。いや、字面強いな!?

「この前ので勉強したですの。人間は太陽に照らされ続けると熱中症になるですの。適度な水分補給が必要ですの」

　咲茉ちゃんはポシェットからペットボトルを出すと、わたしに差し出してきた。

「えと……いいの？」

「もちろんですの」

　今度は吹きかけてこようなんてせず、普通に渡してくれた。

　確かに家を出てから何も飲んでなかった。頭がボーッとしてたのはそのせいかもしれない。

「ありがとう、咲茉ちゃん」

「こちらこそですの」

　なぜこちらこそされるのか分からなかったけれど、ありがたく飲ませていただく。

　ああ、美味しい。生き返る。

「もしも足りなかったら買ってくるですの」

「い、いいよ！　そこまでしてもらわなくて！」

「ですの？　遠慮しないでほしいですの。ヨツバはわたくしの友達ですの」

あ……友達って思ってくれてたんだ。

そういえばさっきも、わたしと会えて幸運だって言ってくれてたし……なんだか、すごく嬉しい。

……わたしにそんな風に思ってもらう価値、無いかもしれないけれど。

「元気出たですの？」

「うん。ありがとう、すごく美味しかったよ」

「よかったですの！　見つけた時、すっごく暗くて心配したですの」

ぱあっと満開の笑顔を咲かせる咲茉ちゃん。

すごく眩しくて、癒やされる……

彼女は何も知らないから……だから、一緒にいるだけで少し気持ちが楽になる気がした。

「ヨツバが落ち込むとお姉さまも悲しむですの」

「え、小金崎さんが？」

「お姉さま、たまにヨツバの名前を唸っては、頭の……ここ、押さえてるですの」

そう咲茉ちゃんが指したのは自身のこめかみ。

それ、心配じゃなく頭痛の種になってしまっているのでは……？

「それ、多分嫌われてるってことだと思うな……」

「そんなことないですの。お姉さまはぜーったいヨツバのこと嫌いになったりしないですの」

力強く「絶対」と言う咲茉ちゃんの目に嘘はなく、キラキラと思わず目を覆いたくなるような輝きを放っている。

でも……もしも小金崎さんがわたしの二股を知ったら、嫌うなんてどころじゃないだろうな。

彼女は聖域――由那ちゃんと凜花さんを守るためにファンクラブの副会長をやっている人だ。聖人だ。

この間は二人のために相談相手になってくれたけれど、その二人に二股かけているなんてなれば、確実に、今度こそ敵になってしまうだろう。

(これって……今も小金崎さんを裏切ってることになるんだよな……)

正直、色々楽観していたのかもしれない。

二股をするということ……本人達が良いって言ってくれてても、それだけで収まる話じゃない。

もっと、ちゃんと、考えなきゃいけなかったんだ。

「ヨツバ?」

また陰鬱な空気が出てしまっていたのだろう、咲茉ちゃんが顔を覗（のぞ）き込んでくる。

「どうしたですの？」

「あ、えと……咲茉ちゃんは小金崎さんを本当に慕ってる……大好きなんだなって」

「大好きですの！」

一切の躊躇（ちゅうちょ）無く言い切る咲茉ちゃんが、昔の桜（さくら）や葵（あおい）と重なる。

――お姉ちゃん、大好き！

そう二人揃（そろ）って抱きついてきてくれた……あの頃の二人を思うと、目の奥がじんわり熱くなる。きっともう、戻ってくることはないから。

「小金崎さんが羨ましいなぁ」

「ヨツバは、わたくしのお姉さまになりたいですの？」

「ち、違うよっ!?　その……わたしにも妹がいるんだ」

「ほう……ですの。つまりヨツバもお姉さまということですの？」

「小金崎さんほど立派じゃないよ……むしろ酷（ひど）いもので、今日、喧嘩（けんか）――ううん、わたしがだめだめなせいで軽蔑されちゃって」

「けいべつ、ですの」

「えっと、軽蔑っていうのはね」

「『卑しいもの、劣ったものとみなして蔑むこと』、ですの」

「あっ、わたしより軽蔑に詳しいね……？」

「ヨツバはどうして軽蔑されたですの？」

ただ単に気になる、みたいな感じに真っ直ぐ聞いてくる咲茉ちゃん。

そんな彼女に一瞬戸惑いながらも、わたしはおずおず口を開いた。

「嘘を……吐いちゃって」

「どうして嘘を言っちゃったですの？」

「隠しておきたいこと……だったから……」

懺悔(ざんげ)室で罪を告白する気分はこんな感じなんだろうか。

なんだか、咲茉ちゃんが天使に見えてきた。

見た目がそんな感じっていうのはあるけれど、それ以上に彼女はわたしの話を聞いても一切悪感情を表に出すことなく、純真な目を向けてきてくれている。

「じゃあ、ヨツバは悪くないですの！」

「……え？」

でも、この言葉と笑顔は全く予想外だった。

「誰だって隠し事くらいあるですの。ヨツバだってきっと、妹さん達(たち)を傷つけたくて黙ってたじゃないですの」

「う、うん。傷つけたいわけないよ！」

「何か事情があったですの。どんな事情ですの？」

「えっとね……って、い、言えないよ！　さすがに！」

「ですの？」

「だって……知ったらきっと、咲茉ちゃんもわたしのこと軽蔑するもん」

「ですの……じゃあ言わなくていいですの！」

　この子にはネガティブな感情なんかそもそも欠片も存在しないんじゃないか。

　咲茉ちゃんはあっさり追及をやめて、わたしの手をぎゅっと握った。

「隠し事は悪くないですの。きっとお姉さまもわたくしに言ってないことあるですの。でも、わたくしはお姉さまが大好きですの。だから、ヨツバのことだって嫌いになったりなんかしないですの！」

「え、咲茉ちゃん～……！」

「でも、もしもヨツバが黙ってるのがつらいなら、いつか、わたくしに言ってもわたくしがヨツバを嫌いにならないとヨツバが確信できたら、その時に言って欲しいですの……あれ、なんか言ってること、ぐちゃぐちゃしちゃったですの……」

「ううん……伝わってるよ。凄く」

　この間、屋上で話した時はただただ自由な子だって印象で終わってしまったけれど、なんてすごく良い子なんだろう。性格も、頭も。

咲茉ちゃんを基準に良い子を設定したら、全人類悪い子になっちゃうくらい良い子だ。

本当に天使なのでは……？　わたしの頭の中に住んでくれないだろうか……

「あっ、話が逸れたですの！　今、ヨツバは妹さん達とのすれ違いで悩んでいたですの」

「う、うん……」

「わたくしは妹という立場でしか話せないですの……あまりヨツバの力にはなれないですの……」

「全然そんなことないよ！　すごく助かってるよ！」

「そうですの？　嬉しいですの～♪」

本当に、咲茉ちゃんには救われた。

さっきまでどん底で、何に向き合うのもいやだって思ってたわたしが、今では顔を上げることができている。

どんなにお礼を言ったって、言い尽くせるものじゃない。

「姉という立場でどうするといいかは、お姉さまに聞けばいいですの！」

「え、小金崎さんに？」

「はいですの！　お姉さまならきっとヨツバの力になってくれるですの！」

「でも忙しいと思うし……」

「大丈夫ですの。お姉さま、きっと今日もおうちにいるですの。おうちこの近くですの」

「そうなの？」

「アレですの」

そう咲茉ちゃんが指したのは……わっ、この辺りでは有名な高級タワマンだ！

そういえば小金崎さんお嬢様なんだよな……そりゃあいうところにも住むか……

「ここに来てくれるよう、連絡しておくですの。ヨツバ、お水あげるから熱中症に気をつけて待つですの」

トントン拍子に話を進めていく咲茉ちゃん。

彼女に握らされたペットボトルはもうすっかりぬるくなってしまっていたけれど、細かな気遣いのひとつひとつが嬉しかった。

「じゃあわたくしは行くですの！」

「あ、お散歩の邪魔しちゃってごめんね!?」

「ぜんぜんですの！　ヨツバと話せて……幸せだったですの！」

咲茉ちゃんはニッコリ笑って、跳ねるようにベンチから立ち上がると、そのまま風のように駆けていった。

わたしと話せて幸せだった、って彼女は言ってくれたけれど、それはこっちのセリフだ。

咲茉ちゃんに見つけてもらえなかったら、今もなおわたしはどん底に沈んでいて、熱中症で倒れていただろう。

少しどころじゃない、立ち上がる元気をもらった。

ベンチの背もたれに体重を預け、雲ひとつ無い空を仰ぐ。

快晴にも、カラカラした暑さにも、全然気付く余裕なんかなかった。

「本当に、気持ちの良い天気……」

いつまでも眺めていたい青空を眺めながら、わたしはさっきまでとは違う溜息を吐くのだった。

◇◇◇

咲茉ちゃんからもらったお水を飲み切って、空きペットボトルを捨てに行くついでにもう一本買いに行くかぁと腰を上げたタイミングで、ちょうど公園の入り口に小金崎さんの姿が見えた。

本当に来てくれたんだ、というありがたくも申し訳ない気持ちに襲われつつ、わたしはその場に立ち止まった。

小金崎さんはどこか焦った感じであたりを見渡していて……わたしを見つけると、ほんの一瞬、安堵するみたいに頬を緩ます。

「良かった。まだ生きてたわね」

わたしの方に歩いてきて、いきなりそんなことを言ってくる。

まるで死んでるかも……という言い方だけれど、咲茉ちゃんは何を伝えたんだろう……？

「こ、こんにちは小金崎さん！」

「ええ、こんにちは。まさか学校の外で貴方と会うことになるとは思ってもいなかったわ」

ふぁさっと長い黒髪を撫で払いつつ、不機嫌そうに口をへの字に曲げる小金崎さん。

そんな彼女はなぜか制服姿だった。わたしの着てるのと同じデザインだけれど、着こなしが全然違う。

「もしかして学校行ってたんですか？」

「いいえ」

「じゃあどうして制服着てるんですか……？」

「丁度良い外行きの服がこれくらいだったのよ」

たぶん、わたしに会うなら制服で十分という意味だろう。手厳しい。

「てっきり咲茉ちゃんみたいにすごい格好で来るのかと身構えちゃってました」

「すごい格好……咲茉はどんな服着ていたの？」

「えーと……いわゆるゴスロリってやつです」

「はぁ……あの子は相変わらずね。普段からそういう格好をしてるわけじゃないのよ。あの子、クローゼットに手を突っ込んで一番最初に触った服を着るタイプだから」

これは咲茉ちゃんへのフォローなんだろう。

口調はぶっきらぼうだけれど、彼女への愛情が伝わってきて、なんだかほっこりする。

「それで？　わざわざ私を呼び出した理由を聞かせてもらえるかしら」

「ええと……呼び出したのは咲茉ちゃんなんですが……」

「それもそうね。じゃあ咲茉に聞くことにするわ。さようなら」

「ちょちょっ！　冗談です！　すみません!!」

すぐさま踵を返そうとする小金崎さんの手を慌てて摑む。

ちっと舌打ちが聞こえた気がした。たぶん気のせいだけど！

「その、小金崎さんに相談事がありまして……」

「相談ねぇ……間さん、貴方私のことを便利屋とでも思ってるんじゃないかしら」

「便利とかじゃなくて、頼りになる人だと思ってます！」

「……そう。まぁ、ものは言いようというやつね」

小金崎さんは諦めるように溜息を吐いた。

ありがたいことに話を聞いてくれるらしい。本当にいい人だ。

「別に、もう来てしまったのだから、話を聞くくらい変わらないと思っただけよ」

そんな憎まれ口も、ただのポーズに思えるくらい、やっぱり小金崎さんはいい人なのだ。

小金崎さんに「お腹は空いてる？」と聞かれ、頷く。

そういえばもうすっかりお昼時で、なんだかんだ朝食も逃していたので、かなりハラペコだ。

（桜達、ちゃんとお昼食べてるかな……）

状況が状況で作り置きとかできなかったから、少し心配になる。

でも二人だって中学生だ。コンビニで買うなり、出前取るなり、そうめん茹でるなり……何かしら自分達で解決するだろう。

（過干渉、っていうのかな……ほんと、ダメだなわたし）

二人のことを考えると、あの軽蔑した目を思い出す。

心臓がぎゅっと締め付けられて、苦しくなって……

「間さん？　大丈夫？」

「あ……小金崎さん」

「体調悪いのかしら。どうしましょう、咲茉の言っていたことも気になるけれど……家まで送る?」

「い、いえ! 体調は全然!」

「そう……? ならいいけれど。ちゃんと水分は取ってる?」

「あ、はい。咲茉ちゃんがくれたの飲んでたので大丈夫です」

「咲茉が……そう、良かったわ。この間のことがあったからちゃんと教えておいた甲斐があったわね」

ほっと息を吐く小金崎さん。さっきまで鋭い目をしていたのに、少し弱ったところを前にした途端一気に優しくなって……なんか、騙されないか心配になってしまう。余計なお世話だと思うけれど。

「あの、咲茉ちゃんが言っていたことって……?」

「……まぁ、その話は座ってからにしましょう」

そう連れてこられたのはなんの変哲もない普通のファミリーレストランだった。

全国展開されているチェーン店で、リーズナブルに美味しい料理が楽しめるのが売り。

最近は減ったけれど、昔は家族でよく来てて……なんだか懐かしい。

お嬢様な小金崎さんに連れられてだからちょっと身構えてしまっていたけれど……あえて、庶民なわたしに合わせてくれたんだろうか。

「二名で」

小金崎さんが手慣れた感じで受付を済ませ、わたし達は窓際のテーブル席まで案内される。

「ここは奢るわ。好きなもの頼んでちょうだい」

「えっ、悪いですよ!?」

「別に良いわよ。咲茉が世話になったんでしょう?」

「全然世話したとか無いですけど……それに、これから小金崎さんのお世話になっちゃうんですし」

「……それもそうね。じゃあ……わ、割り勘で」

「はいっ!」

話も纏まったところで、店員さんを呼ぶ。

それぞれドリンクバーをセットにしつつ、わたしはたらこスパゲッティを、小金崎さんはミートソースのドリアを注文した。

「けっこう可愛らしいものを頼むのね」

「可愛い……ですかね? でも、ここに来たらいつもこれを頼んでたから……」

きっかけは……そう、葵だ。

小さい頃の葵はもっとわがままで、家族で来た時もあれもこれも食べたいこれも食べたいって聞かなくて。

だからお父さんとお母さんが自分のを分けてあげて、わたしもそれを真似して葵が大好きなたらこスパゲッティを頼んで分けてあげるようになったんだ。

そしたら「葵だけずるい！」ってなぜか桜が拗ねて……結局、わたしが食べる間もなく二人に取られちゃうんだけど。

そんなわたしに、お父さんとお母さんが自分の分を分けてくれて、今度は妹達がそれを真似して自分が頼んだ料理を分けてくれて……結局誰が何を頼んだかなんて関係なくなってたなぁ。

「ふふっ」

つい笑みが零れる。

「嬉しそうね」

「なんだか懐かしくて」

わたしはそんな家族で来た時の話を小金崎さんに話す。

小金崎さんも、いきなり知らない家族の話をされて迷惑だったかもしれないけれど、口を挟むことなく黙って最後まで聞いてくれた。

「そう……なんだか微笑ましいわね」

「あはは、ちょっと照れくさいですが」

「いい思い出だと思うわ。むしろ私はファミリーレストランなのに家族で来たことなんて一度もないもの」

「そうなんですか？」

「ええ。来るのはいつも一人。家が近くて安いし、一人用のカウンター席もあるからちょうどいいのよ」

「へぇ……一人になりたい時に来る感じですか」

「一人になりたいというか……基本一人なのよ。私、一人暮らししてるから」

「ええっ!?」

　高校生で一人暮らししてるんだ！　しかも咲茉ちゃん曰くあのタワマンに住んでるって話だし……なんだか本当にスケールが違う生き方してるんだなぁ……

「……全然大したことじゃないわよ」

　呆気にとられるわたしに、小金崎さんは自重するよう呟いた。

「私、自分でお金稼いで暮らしているわけじゃないもの。住んでいる家もお祖父さまが用意してくれたものだし、家事とかも全然駄目で……間さんは自分でお料理もできるのよね。そういうところは少し尊敬するわ」

「こ、小金崎さんがわたしを尊敬なんて……!?」

「駄目なところだらけよ、私は……本当に、全然……」

　わたしから見たら完璧に見える小金崎さんだけれど、きっとわたしの知らないところで色々なものを抱えているんだろう。

そんなの当たり前ではあるんだけど……でも、不謹慎かもだけれど、少し小金崎さんに親近感を覚えた。

「って、これじゃあ私が愚痴ってるみたいね。貴方の話を聞きに来たのに」

「いえ、もっと詳しく聞きたいくらいです！」

「それは勘弁してちょうだい。続きは……もう少し仲良くなってからじゃないと」

そこはしっかり線引きされてしまった。残念。

でも、小金崎さんの言う通りだ。

今は新しいことよりも、目の前のことに目を向けないと。

それに……このお店に来て、妹達のことをまた思い出した。あの頃の二人と……また戻りたいと思っている自分の気持ちに。


それから程なくして、料理がやってきた。

わたし達はそれぞれドリンクバーでソフトドリンクを取りつつ、他愛の無い雑談をしながらランチを楽しんだ。

当然、小金崎さんと一緒にごはんを食べるなんて初めてだ。

ちょっと緊張もしたけれど、それ以上に楽しくて……それとなく小金崎さんも楽しそうに見えた。

　一人暮らしって言ってたもんな……また、チャンスがあればごはん誘ってみようかな。

「……それじゃあ、本題に入りましょうか」

「は、はい」

　当然、楽しい時間だってあっという間に終わる。

　それぞれ食後のウーロン茶を飲みつつ、話題は当然、小金崎さんを呼び出した理由になる。

「そもそも、咲茉からは貴方(あなた)がハラキリしたとしか言われていないのよね」

「ハラキリですか!?」

「そう、ハラキリ。もちろん言葉どおり受け取ったわけじゃないけれど、物騒でしょう？　それを使ってるのが外国育ちの咲茉ならなおさらだし」

「そ、そうですね……」

「それで来てみたら咲茉はいないし、貴方は相変わらずぼけっとしてるし……まぁ、最悪の事態を避けられたならそれはそれでいいのだけど」

　小金崎さんはそう吐き出すと、一息つくみたいにウーロン茶を飲む。

　そんな彼女に申し訳なさを感じつつ、わたしは藁(わら)にも縋(すが)る思いで頭を下げた。

「わたし、小金崎さんに『真のお姉ちゃん』について教えてもらいたいんです！」

「……はぁ？」

小金崎さんが露骨に顔を顰める。

「変なこと言ってるのは分かってます！　でも、咲茉ちゃんが小金崎さんこそ素晴らしいお姉さまだって言ってて、わたしも小金崎さんは本当に素晴らしい人だと思うので！」

「咲茉はともかく、ちょっとお世辞が過ぎるわね……」

「わたし、妹が二人いるんです。二つ下と三つ下」

「あぁ、もう勝手に話進める気ね、貴方」

わたしは妹達が本当に可愛くて良い子達だということ。桜はちょっと反抗期気味かもしれないけれど、根は優しくて毎日受験勉強を頑張ってるということ。葵は天真爛漫でいつも明るくて、わたしもたくさん元気を貰ってて、しかも友達もたくさんいるということ。

そして、そんな二人の妹にものすごーく嫌われてしまったことを話した。

「……ああ、そう」

これが、わたしの話を聞き終えた小金崎さんの感想だった。

ドリンクバーでの給水タイムを二回挟むほどの大作になってしまったのはちょっと申し訳なくはあるけれど、あまりに反応が薄くてちょっとショックだ。

「とりあえず……帰っていい？」

「駄目です!!」

私にはもう小金崎さん以外に頼れる人がいないんだ！　帰られちゃったら困る！

「乗りかかった船なんですから！」

「無理やり乗せられた気がするのだけど……」

「でも波止場までは小金崎さん自身が来たじゃないですか！」

「そう言われるとそう……ていうか、例え上手いわね、間さん」

「適当に煽てて誤魔化そうったってそうはいきませんから！」

「今のは素直に褒めたのだけど」

小金崎さんが空になったグラスを持って立ち上がる。第三の給ウーロン茶タイム！

わたしもすぐさま自身のグラスを飲み干し、小金崎さんに続く。

「無理に合わせてくれなくても結構よ？」

「こっそりお会計して逃げる、という可能性もあるので！」

「ああ、その手があったわね……」

そう感心したように頷きつつ、小金崎さんは新しいグラスに氷とコーヒーを入れる。

つまりはアイスコーヒー。大人の飲み物……！

「わたしも飲んでみようかな、コーヒー」

「飲んだことがないならやめておきなさい。面倒な話をするんでしょう？　コーヒーを飲むたびにこのことを思い出すハメになるわよ」

「な、なるほど……」

そんなもっともな言葉にわたしは変わらずアイスウーロン茶を持って席へ戻ることにした。

「とりあえず、貴方が面倒くさいシスコンだってことは理解できたわ」

「いやぁ、それほどでも……」

「褒めてないわ」

「でも、シスコンはわたしのアイデンティティみたいなものですから」

「貴方がそれでいいなら別にいいけど。まぁ、元々貶(けな)してるわけでもないし」

さすが咲茉ちゃんのいう理想のお姉さまだ。理解が深い！

「貴方はその妹さん達と仲直りしたいのよね」

「はい……！　といっても、わたしは二人に全然嫌なところなんてなくて、悪いのは全部わたしなんですが……」

「そもそも貴方はいったい何をしたの？」

「あ、えと、それは……」

「言いにくいかもしれないけれど、それを聞かないことには何も分からないわよ」

「そうですよね……」

とはいえ、小金崎さんに「聖域の二人に二股かけてまーす！」と告白すれば確実に怒られる。

いや、怒られるで済めば全然良い方だ。

小金崎さんは聖域ファンクラブの副会長だ。由那ちゃんと凜花さんとこっそり付き合って、しかも不誠実な真似をしているなんて知れば敵認定は免れない。

わたしという雑魚キャラが聖域の二人と一緒にいても遠巻きに舌打ちされる程度で済んでいるのは小金崎さんがファンの人達を抑えてくれているからだ。

もしも彼女がわたしを、聖域に相応しくないと認定すれば、きっと今までのような生活は送れなくなる。

そして何より……せっかくできた小金崎さんという素敵な友達を失うことになってしまう。

「うう……」

「間さん。きっとこのことは貴方にとって本当に言いづらいことなんでしょうけど、言える範囲で良いから聞かせて。きっと力になってみせるから」

「小金崎さん……」

「貴方が言ったのよ。乗りかかった船だって」

「……分かりました……！」

　ああ、なんて優しい人なんだろう。

　真剣な目を向けてくれる小金崎さんに、それでも嘘を吐かなきゃ、隠し事をしなくちゃいけない心苦しさはあるけれど、真実を伝えるよりは絶対いいから、だから——

「こ……これは、わたしの友達の話なんですが!!」

「えっ!?……あ、うん。貴方がそれでいいなら、いいけれど」

「その、彼女には妹がいるんです。二人」

「でしょうね」

「夏休みが始まったばかりのことです。わた、じゃなくてその子は朝から外に出掛けようとしてたんです。そしたら妹さん達に見つかって、もしかしたらデートに行くんじゃないかって疑われたんですね」

「デートねぇ」

「その子は咄嗟に否定しました。友達と遊びに行くだけだよって」

「うん」

「でも、本当はデートだったんです!!」

「ええっ!?」

　小金崎さんが素っ頓狂な声をあげる。

　想像以上にびっくりしてる……!?　い、いや、でもこれはわたしの友達の話、というていだし、大丈夫大丈夫……。

「それでデートを楽しんでたその子なんですが……まさかの妹に目撃されてしまってまして」

「ちょ、ちょっと待って……貴方、お付き合いしている人がいたの!?」

「あ、いや、わたしじゃなくてわたしの友達……」

「……そうね。そういう話だったわね」

小金崎さんは何度か深呼吸をして息を整え、「続けて」と促してくる。

「それで、妹達は嘘を吐かれたって、ショックを受けちゃったみたいなんです」

「シスコンは姉だけじゃなかったってことね……」

「でもですよ!? お姉ちゃんも嘘吐こうとか思ってたわけじゃないんです！ ただ、どう伝えればいいか分からなくて……だって女の子同士で付き合ってるなんて、変に思われちゃったら悲しいし……」

「女の子同士……？」

「最初は本当に友達だったんです。でも、つい最近、その友達から告白されて関係が変わって……わたし、じゃなくてその子もふわふわしていたっていうか」

「つい最近告白……ねぇ、間さん」

小金崎さんは眉間に皺を寄せ、顎に手を当て……どこか厳しい表情を浮かべて、言った。

「貴方、まさか……聖域のどちらかと付き合ってるんじゃないでしょうね?」

心臓が爆発したと錯覚するくらいに跳びはねた。

「な、なな、なんのことでしょう……!?」

おかしい、わたしは友達の話をしていただけなのに、どうして小金崎さんはそこに気が付いたんだ!?

で、でも大丈夫。落ち着いて間四葉(よつば)!

小金崎さんはちょっと勘違いしてるだけ。語(かた)り部(べ)がわたしだから、わたしの話だって勘違いしちゃっただけに違いない。

「小金崎さん、今話してるのはわたしじゃなくて、わたしの友達の話――」

「そもそも議題が貴方の問題についてなのに、突然友達の話をし始めた時点で、『これはわたしの話です』と主張しているようなものでしょう」

「へ……え?」

「本気で分かっていないのかしら……じゃあもっと分かりやすく言うわ」

小金崎さんはじとっと半目でわたしを見つつ、その残酷な一言を容赦なく放った。

「間さん、貴方あの二人以外に友達いないじゃない」

「うごぁあっ!?」

　その言葉は容赦なく、わたしの胸のど真ん中を的確に打ち抜いた。

「貴方（あなた）には少し悪いけど、正直妹さん達の話より、そっちの方が気になるわ。ねぇ、間さん？」

「う……あ、え、ええと……」

「まさか……この間の時点でもう付き合ってたとかじゃないでしょうね……？」

「それはぁ……その……」

「あ、その反応、付き合ってたわね」

　かつて聞いた『女帝』という二つ名に相応しい絶対零度の瞳をぶつけてくる小金崎さん。

　もはやわたしが返事せずとも、ちょっとした反応だけで正誤を当ててくる。

「信じられない……私のこと騙（だま）してたのね!?」

「い、いえ、騙してたわけじゃ……」

「騙してたじゃない！　人畜無害な顔して……あの不和の原因もやっぱり貴方のせいだったのね!?」

　はわわ……！

　バレた。ものすごくあっさりバレてしまった！

　なんとかしてリカバリーしないと、由那ちゃんと凜花さんにも迷惑をかけてしまうかもしれない。

　でもどうやれば――

「まぁ……でも知れただけ良かったと思うべきかしら」

「え」

「正直釈然としないけれど、付き合う付き合わないなんて、別に他人が口出すことではないのだし。二学期にまた問題になっても困るから状況は把握しておきたいけれど……ついでに妹さん達への対策も考えてあげるわ」

「こ、小金崎さん……！」

「言っておくけれど、ただの便利屋で終わるつもりはないから。貴方には散々協力させたツケを必ず払ってもらうわよ」

「あ、ありがとうございます！」

　完全に見切りをつけられてしまうと思っていたのに……本当に、なんていい人なんだろう……!!

「まぁ、全部貴方のしょうもない妄想って可能性もあるけれどね」

「確かに、妄想みたいな話ですよね……二人がわたしに、なんて……」

「………」

「あ、あれ？　小金崎さん？」

「……『二人がわたしに』？」

「え？」

「さっき貴方、友達の話っていうていで、告白されたって言ってたわよね」

「ええと……？」

小金崎さんの顔が強ばる。

信じられない、信じたくないと言うような、その表情と言葉に――わたしは背筋が凍るのを感じた。

「私、当然のように告白されたとしたってそれは百瀬さんか合羽さんどちらかからだと思っていたの。二人の関係が悪くなったのだって、片方が勝手に彼女を作って、もう片方が自分の相手をしてもらえる頻度が減ったことに嫉妬して……みたいな微笑ましい感じかなって」

はっきりと喋ってはいるけれど、これは完全に独り言だった。

わたしに口を挟む隙なんか一切与えてくれず……わたしはただうろたえるしかない。

「ねえ、間さん」

「は、はひ」

「告白って、百瀬さんと合羽さん……二人からされたの？」

「っ！」

言われると察せていたのに、思わずうろたえてしまった。

そんなわたしの反応から、当然小金崎さんは悟ってしまう。

「正直、貴方がどちらかと付き合っているということでも、かなり衝撃だったのだけれど……ねぇ、間さん。私今、とんでもないこと想像しちゃってるのよ」

「あ、いや……その……」

「その反応、わざわざ解き明かす必要も無さそうね」

奇しくも妹達相手から続いて、今日二回目の体験になったけれど……絶望感は変わらない。

全身から血の気が引いていく。

そんなわたしを見て、小金崎さんは笑顔を浮かべた。

にっこりとした清々しい笑顔……けれど、その目は笑っていない。

正しく、その圧だけで人を潰せてしまいそうな笑顔で――

「間さん、単刀直入に聞くわ。貴方、聖域に二股かけているわね」

手足が痺れ、呼吸が苦しくなる。

心臓がばくばく鳴って、けれど、その音は水の中みたいにくぐもっていて……

わたしはまた、再び地獄の底に叩き落とされた。

「あ、あの、こがねざき、さん」

果たしてどんな責めを受けるのだろうか。

せっかく仲良くなれたと思ったのに。素敵なところもたくさん知れたのに。

きっともう二度と小金崎さんの笑顔を見れることはないだろう。

当然だ。わたしは小金崎さんの優しさを一方的に利用して、誠意の欠片（かけら）も無く騙していたのだから。

「…………」

小金崎さんは何も言わず、じっとわたしを見つめる。

真剣な表情で、少し睨（にら）んでいるようにも見えて……わたしは、ヘビに睨まれたカエルの気分をこれ以上なく理解した。

「あ、あう……」

こ、怖い。

なにか言わなければ。言わなければ。

そう思いながらも頭の中はぐるぐると空転を続けて——

「……ぷっ」

「え……？」

「く……ふ、あははははっ!!」

え、あ……な、なに!?

なぜか小金崎さんが突然吹き出した!?

しかもお腹を抱えるほど笑って……ど、どうして!?

「あ、あの、小金崎さん……？」

「ふ、ふふっ……間さん、貴方のその、顔……ぷふっ……！」

もしかして……二股が冗談だと思ってる!?

そ、そうだよね!? だって、二股なんて全然現実的じゃないし！ しかも相手は由那ちゃんと凜花さんで、相手がわたしだなんて誰だって信じない——

「あ、二股は信じてるわよ……ふふっ、本当に面白いわね、間さんって」

二股は信じてるの!?

じゃあ何がおかしくて笑ってるんだ……？

「だって、現実で真面目に二股かける人なんて初めて見たんだもの。しかも高校生、それもいっつも『わたしは底辺女子高生だ』みたいな顔で自信なさげにしている貴方が、誰も

が憧れる二人を股にかけてるなんて……小説でも中々見ない展開じゃない⁉」

「は、はぁ……」

「なんだかもう、一周、二周、三周……もっと何周も回って面白くなっちゃって！　ふふふっ……ごめんなさいっ。ちょっと、ツボに入っちゃった……！」

くふくふ笑い続ける小金崎さんにわたしは呆気にとられつつ、とりあえずドリンクバーにおかわりを取りに行くことにした。もちろん小金崎さんの分も。

ウーロン茶を二杯持って戻ると、小金崎さんはまだテーブルに突っ伏して肩を震えさせていた。

なんだかイメージが崩れる……こんな風に思いっきり笑う人だったんだ。

「ごめっ、ごめんなさい……！　もう、落ち着く、から……！」

「あ、はい……」

小金崎さんはふーっ、ふーっ、と強く息を吐きつつ、なんとか息を整える。

そうしてようやく顔を上げたのだけれど、まだ目尻にはうっすら涙が浮かんでいて、口元もニヤけていた。

「わたし、てっきり軽蔑されるかと……」

「ぷふっ……まぁ、そうね。貴方のやっていることは十分最低だと思っているわよ。軽蔑に値する、と言ってもいいかも」

「ぐふっ!?　ま、まぁ、そう、ですよね……」

余計なこと聞かなきゃよかった……泣きそう。

「でも、値するというだけで、実際に軽蔑してはいないわ。そもそも、貴方のその最低な二股も、私の目的に沿って考えれば、案外悪い話でもないの」

「小金崎さんの目的……ええと、ファンクラブについてですか？」

「ええ。そもそも私が、聖域ファンクラブの副会長なんて面倒くさいことをやっているのは、ファンのみんなの方向性がバラバラになって、余計面倒な争いに発展しないようコントロールすることにある」

「あれですよね、規律とか、ルールとか……そういうので、由那ちゃんと凜花さんを守ってくれてる……」

「そうね。まぁ、必要以上に神聖化されて、しかも妙な熱を孕んでしまっているのは、わたしではなく、会長の方針によるものだけれど」

ファンクラブの会長さん……実はわたし、誰か知らないんだよね。

なんか、聖域の二人の知らないところで、こっそりイベントやったり、生写真ばら撒いたりしてるって聞いたことあるけど……小金崎さんは誰か知ってるんだろうか。

……って、それは今は関係無いか。

「今のところファンクラブは良い形で機能してくれてる。会長もちゃらんぽらんに見えて、問題にならないようコントロールしてくれてるしね。謂わば、会長が飴で、私が鞭って感じかしら」

「なるほど……」

小金崎さんが鞭……ビジュアル的には似合いそうだけれど、なんか叩かれても音は鳴るけど痛くない、みたいなイメージだ。

「私が一番恐れているのは、百瀬さんと合羽さんが決別し面倒な派閥争いが起きたり、ファンクラブの統率が乱れて二人に危害を及ぼす人が現れること。本来であればファンクラブの有る無しにかかわらず、いつそうなってもおかしくないほどのタレント性を秘めた二人だけれど、奇跡的なバランスでそれは避けられているわ」

「バランス……？」

「ええ、幼馴染みで一番の親友同士。互いを認め、尊重し合っている。悪い言い方に聞こえるかもしれないけれど、停滞し完結した関係……それが『聖域』なのよ」

この場にないものを見つめるみたいに遠い目をする小金崎さん。

何か、彼女の目から懐かしさと憧れみたいなものを感じた気がした。

「けれどそんな停滞は一瞬のこと。二人の世界が完成していても、そこに足を踏み入れる外来種は必ず現れ、生態系を破壊してしまう。まぁ、貴方のことね」

「わたしザリガニですか!?」

「もしくはブラックバス？」

　応手が早い!!

「けれど貴方は二人の良き友人となり、どちらか一方へ傾倒せず綺麗な三角形を作った。まさか付き合う事態になるなんて驚きだけれど、どちらとも付き合うというなら、結果的に均衡は保たれるでしょう？」

「たしかに……？」

「もちろん、モラル的にどうなの？　とは思うし、そもそも二股なんて発想、私には思いつきもしなかったけれど……さすがね」

「褒めてないですよね!?」

「まさか。尊敬の念さえ抱いているわ。あの二人から告白されたとはいえ、両方と付き合うなんて暴挙に出て、その上でバランスを保ったまま平等に愛するなんて……頭のネジが何本がぶっ飛んでるとしか思えないわ。よっ、二股名人」

「史上最低な名人誕生した!!」

　ひとしきりわたしをイジり倒した小金崎さんはどこか楽しげで、わたしも不謹慎ながら笑ってしまう。

「さて、そんな天性の最低人たらしである間四葉さん」

「ひ、酷い」

「察するに貴方と妹さんの不和の原因も、この二股が露呈したからじゃないかしら」

「エスパーですか!?」

「いや、真っ先に疑うわよ。わたしでもすぐに察せれる程度にはガバガバだったわけだし。どうせ呑気に二股デートを楽しんでいるところを目撃されたとかでしょう？」

「………」

「え、本当にそうなの？」

あからさまにドン引きされた。

「ルールを破るなら、それ相応に目立たないよう気を配るべきじゃないかしら。ただでさえ相手は目立つと同義な聖域なのだから」

「おっしゃるとおりです……」

「うちの学校の連中には見られてないでしょうね……まぁ、まだそういった話は入ってきていないから大丈夫なんでしょうけど。奇跡的に」

いや、もう本当に耳が痛い……こうも立て続けにバレてしまったのだ。ちゃんと気をつけないと。

「っと、また脱線してしまったけれど……とにかく貴方に聞きたいのは、これからどうしたいかということよ」

「どう、とは……？」

「妹さん達に二股が露見したこの状況で、貴方が選べる選択肢はそう多くないわ。一つは二股を解消し、これからは真人間として生きていくと妹さん達に誓うこと。そうすれば妹さん達も貴方を許してくれる……かもね」

「それって、由那ちゃんと凜花さんと別れるってことですか……？」

「まぁそうね。妹さん達からすれば、姉が二股かけてるってこと自体が嫌でしょうし……って、露骨に嫌そうな顔するわね」

そんなつもりはなかったのだけれど、顔に出てしまっていたらしい。

でも、嫌だ。あの二人と別れるなんて……。

「それじゃあ二つ目。妹さん達のことは諦める。二股してるクズな姉という評価を甘んじて受け入れて、軽蔑されたまま生きていくの」

「うぅ……」

結局のところ、二股を続けるならそうなってしまう。

二者択一。恋人か、家族か。

そんなの、選べるわけない……！

由那ちゃんと凜花さんは大事な、大好きな恋人だ。

でも、桜と葵だって、わたしにとって本当に大切な存在なんだ。

生まれた時から知ってる。ずっと見守ってきた。

あの二人にしてあげられたことなんて全然無くて、全然立派なお姉ちゃんにはなれなかったかもしれないけれど、でも軽蔑されて、二度と「お姉ちゃん」って呼んで貰えなくなるなんて……そんなのつらすぎる。

「桜……葵……」

「え……」

「泣いてしまうほど大事なのね、妹さん達のこと」

そう言われて、自分が泣いているのに気が付いた。

泣いたってどうにもならないのに、逃げているみたいで嫌になる。

「間さん、これ使って」

「ごめんなさい……」

小金崎さんが差し出してくれたハンカチを、わたしは申し訳なく思いながら受け取った。

「貴方は素敵お姉さんなのね」

「……え？　そ、そんなことないです。だって、こんな……」

「行動がどうじゃない。貴方が本気で妹さん達のことを大事に思ってるって、私にも分かるもの」

小金崎さんはすごく優しい目をしていた。

それはどこか羨ましげに見えて、わたしは戸惑ってしまう。

「私、年の離れた兄がいるの」

「え、お姉さんじゃないんですか!?」

「咲茉が言ってるだけでしょう？　私は生粋の末っ子よ。自慢じゃないけれど小さい頃はそりゃあもうわがまま三昧だったんだから」

「ほへぇ……」

「ま、私の話はともかく……きっと兄は私のことを思って涙を流したりなんかしないわ。でも兄が冷たいわけじゃない。貴方が特別温かいのよ」

「小金崎さん……」

「妹さん達はとても幸せね。なんて、第三者だから思えるのだろうけど」

その言葉が、本当に嬉しくて……わたしはまた泣いてしまいそうになる。

「それじゃあ、三つ目の選択肢」

「え……」

「貴方の二股を、妹さん達に認めさせるのよ」

「え……えええっ!?」

「二股しちゃうのもしょうがないよね、と妹さん達に思わせられれば、両方の関係を保てるかもしれない」

それは謂わば、全部のいいとこ取りだ。

あまりにシンプルでめちゃくちゃな選択肢に、言った本人である小金崎さんも苦笑する。

「下手したら今より更に悪化してしまうかもしれないし、具体的にどう説得すればいいか皆目見当もつかないけれど……でも、可能性はゼロじゃないわ」

「ゼロじゃない……」

「たぶん、妹さん達が貴方のことを好きであればあるほど、実現の可能性はあると思う。けれど同時に、難しくもなると思うの」

「え……どうしてですか？」

「そもそも妹さん達が貴方のことをどうでもいいと思っていたら早々に見限られてしまうでしょう？　二股を認めろ、なんてとんでもないことを言うのだから。けれど、好きな人の言うことなら、どんな理不尽でも理解したいと多少は思うでしょう」

「た、たしかに」

「そして、貴方を思えばこそ二股なんて非道はさせたくないと思うものでしょう。なんとかして目を覚まさせなきゃって」

どこかで聞いたことがある、「友達なら間違いに目をつむるのではなく、気付かせてあげるべきだ」みたいな言葉が頭の中に浮かんだ。

もしも桜が、葵が間違ったことをしていたら……きっとわたしはどんなに嫌われたって必死に説得するだろう。

大切に思うからこそ、簡単に認められない。

「けれど、それだけ思ってくれる相手でも、頑なに二股を続けようとする貴方に、いよいよ愛想を尽かしてしまうかもしれないわ」

「うぐ……」

そうなればいよいよ修復は不可能だ。

今の状況も最悪だけれど、きっとそれ以上の地獄が待っている。

「……でも、やってみます。わたしみたいなの、たぶん優柔不断っていって、きっと褒められた考え方じゃないと思いますけど……よくよく考えたら、人生で褒められなかったことのほうが多いですし」

「なんだか、貴方らしい開き直り方ね」

小金崎さんは呆れたように笑うけれど、でも、開き直った分胸は軽くなった気がした。

どうしよう、どうしようって縮こまってるより、絶対無理だって思えることでも、その先に全部いいとこ取りな未来が待ってる可能性があるなら、それを目指したい。

どんなに最低でも、諦めたくないから、だから――

「目指せ！　恋人と家族の二股!!」

「その開き直り方はあまりに下品よ、間さん」

若干テンションがバグってるのは否めないけれど……と、とにかく頑張るぞっ!!

それから、もう少し小金崎さんと会話をした後、わたしは由那（ゆな）ちゃんと凛花（りんか）さんの揃（そろ）うチャットグループに連絡を入れた。

内容はシンプルに、これから会って話せないか、というものだ。

「私のことはあの二人にも、当然妹さん達にも言わなくていいから。登場人物は少ない方がいいでしょうし。まぁ、もし何かあったらいつでもメールしてちょうだい」

別れ際、小金崎さんはそう言ってくれた。

彼女的には、このごたごたの影響で聖域のバランスが崩れるのが嫌だから協力してくれているだけだと思うけれど、本当にありがたいし頼もしい。

正直なところ、どうすれば桜と葵にわたし達の関係を認めてもらえるのかまだ全然分かっていないけれど、それでもただ後悔ばかりして蹲（うずくま）ってたよりはずっといい。

もしもっと酷い地獄に落ちるとしても、何も諦めないために……

まず、一歩目——

「ごめんなさぁぁぁぁいっ!!」

わたしは、凛花さんのおうちの玄関に入ると共に、深く、ふかぁ～く、土下座したッ!!

「ちょ、四葉さん!?」

出迎えてくれた凜花さんが目をひんむき、既に一緒にいた由那ちゃんがパシャっとスマホにわたしの姿を収めた。

「見て見て、貴重な彼女の土下座シーンよ」

「ちょっと、何撮ってるのさ」

「だって可愛いから……ほら」

「あ、本当だ。よく撮れてる。後で送ってよ」

「オッケー」

なんて、ゆるゆるっと会話するわたしの恋人達。ええと、聞いてます？

「だっていきなり謝られたってびっくりするじゃん。何謝られてるのかも分からないし」

「う……」

由那ちゃんの言う通りだ。先にちゃんと、何があったか説明しないと……

「とりあえず上がって。親二人とも仕事でいないし、ゆっくりしていって。……ていうか、本当に親がいなくてよかったよ。さっきの土下座、どう説明すればいいか分からないし」

「あ、はい……ごめんなさい。……お邪魔します」

リビングまで通してもらうと、テーブルには学校から出た宿題が散乱していた。

「凜花さん、課題やってたんだ……邪魔しちゃってごめんなさい」

「邪魔なんかじゃないよ、全然。暇だったから」

「案外マメよね、凜花。あたし纏(まと)めてやっちゃうタイプだなー」

由那ちゃんはまだやってない口ぶりだ。

ちなみにわたしもそう。夏休みの宿題は最終週に唸(うな)りながら頑張るタイプでして。

「ああでも、早めにやっておいた方がいいかしら？　四葉ちゃんに写させてって言われるかもだし？」

「言わないよ!?」

本当は言いたいけれど、由那ちゃんも凜花さんも正答率がエグすぎて、写したら一瞬でバレるし！

……と、以前みきちゃんに釘(くぎ)を刺されたことがあります。ええ。

「と、とにかく、ちょっと……お二人に話さないといけないことがありまして」

「四葉さんの口調が丁寧だと、どうにも嫌な予感がせずにはいられないなぁ……」

「ねー」

なんて圧倒的な信頼だろう……（悪い意味で）。

正直その期待を裏切れないのにつらみを感じつつ、わたしは妹達に二股がバレてしまったことを話した。

「おぅ……」

「それは……なんて言葉を掛ければいいか……」

　由那ちゃんと凜花さんが気まずげな表情を浮かべる。

　もしかしたら二人が二股を公認してくれたから、そのせいでわたしと妹達に不和を生んでしまったって負い目を感じてしまっているのかもしれない。

「二人は気にしないで。わたしがもっと上手くやれていればこんなことにならなかったと思うし……それに、うちの家族のことだから」

　家族がいるのは二人だって同じだ。どちらも一人っ子だけれど、親に二股されていると知られれば、絶対心配されるだろう。

　リスクを背負ってるのはみんな同じで……今回はわたしがポカしたってだけで。

「四葉さん、一人で背負い込まないで。これは四葉さんだけの問題じゃない……私達三人の問題なんだから。ね、由那？」

「もちろん。もしもあたし達が困った時、四葉ちゃんは決して見て見ぬ振りしないでしょう？　それと同じ」

　そう優しい言葉を掛けてくれる二人。

　でも、どこかその声色は不安げで……わたしはすぐに、二人が気にしていることが何か分かった。

「あの……わたし、こんなことになってわがままだと思うけど……二人とはこのまま恋人でいたい」

「四葉ちゃんはそれでいいの？」

「だってわたし、もう二人がいてくれないと生きていけないからっ!!」

端から見たら不純な関係かもしれないけれど、でももう二人がいなかった頃——ううん、友達だった頃にだって戻れそうにない。

だから二人のことだって一秒たりとも不安にさせたくない……！

「四葉さん……」

「良かったぁ……！」

二人が同時に安堵（あんど）の溜息（ためいき）を吐（つ）く。

「改まるから、てっきり遊園地の時みたいに、『別れたい』って言われるかと思ったわよ!?」

「あ……ご、ごめんなさい」

「謝るほどじゃないけど……あたしだって四葉ちゃんがいないと生きていけないんだから……不安にだってなるわよ」

「当然私も、いや私達も、四葉さんとずっと一緒にいたい。けれど、いいの？　妹さん達のこと……」

「ううん……良くない。あの二人とだって仲直りしたい」

二人が少し驚いたような目を向けてくる。気持ちはすっごく分かるけど、でも、わたしの決意はもう固まってる。

「だから、この関係を絶対認めさせる!!」

だから、迷い無く、力強く宣言した。

「……なんか、四葉ちゃんらしいかも」

「告白したのは私達とはいえ、最初は二股隠し通そうとしてたくらいだもんね……」

ちょっと呆れられてるっぽいけれど、オッケーオッケー！　だって二人に笑顔が戻ったし！

「それで、妹達に二人のこと認めてもらうためにどうすればいいかなんだけど」

「ええ」

「うん」

「お二人の知恵をお借りできればと!!」

「…………」

「ま、まぁ、これも四葉さんらしいっちゃ、らしいの……かな？」

あからさまに引かれた!?

凜花さんからのフォローもあんまりフォローになっていないというか……ええそうですよ！　万年ノープラン女ですよわたしゃあ！

「もちろん一緒に考えるのは望むところだけれど、とりあえず妹さん達がどういう子なのか教えてもらいたいわ」

「うん。話には何度か出てきたけれど、実際に会ったことはまだ無いもんね」

「了解！　それじゃあまず、桜ちゃんについてだけど――」

「――と、以上が間家の誇る二大美少女、桜ちゃんと葵ちゃんについてでしたっ！」

「え、ええ……なんとか理解した……かしら？」

「そう、だね。一番分かったのは、四葉さんが妹さん達のことすごく大好きだってことだけど」

「いやー、それほどでも！」

凜花さんからの感想については小金崎さんにも同じことを言われたけれど、お姉ちゃんとしては当然のことだと思います。

「ほんと、大好きなのね。ちょっと嫉妬しちゃうくらい」

「えっ、あ……もしかしてシスコンって彼女的にマイナス要素!?」

ドラマとかでも家族愛が強いと地雷みたいな扱い多いし、二人的にも嫌だったかも……

「いいや、そんなことないよ。むしろ四葉さんがそんなに好きだって言う妹さん達に会ってみたくなったな」

「嫉妬って言ったのは……まぁ、恋人が自分以外の人を好き好き言ってたら、どうしても感じちゃうっていうか……あたしも凛花と同じで、四葉ちゃんにも妹さん達にも悪感情持ってないから！　勘違いしないでね!?」

良かったぁ。30分くらい一方的に話しちゃったから、面倒くさいやつって思われちゃったかと不安になってしまった。

でも、直接紹介できたら、わたしが説明しなくてもいいんだけどなぁ……あっ！

「思いついた！　二人のこと認めてもらう方法！」

「えっ、本当に？」

「うん！　ズバリ、妹達に二人と会ってもらうの！　だって、由那ちゃんも凛花さんもわたしの言葉じゃ表現しきれないくらい素敵だから！　会えば妹達もきっと二人のこと好きに――」

「あー、四葉さん。それはちょっとやめた方がいいかも」

「え！」

「そうね……あたしも凛花に賛成」

「なんで!?」

「本当に気付いていないのも四葉さんらしいけど……うーん、そうだね……」

凜花さんは顎に手を当てて少し考え込む。

「私達は四葉さんの話を聞いて、妹さん達が良い子なんだろうなって思ったし、仲良くなりたいって思えた。もちろん四葉さんの説明に熱がこもってたっていうのもあるけど、一番の理由は、彼女らが『四葉さんの妹』だからだよ」

「んー……？」

「大好きな恋人の家族なんだ。喧嘩なんかもってのほか。できるなら仲良くなりたいに決まってるでしょ」

それは分かる。わたしも同じだし。

「でも、妹さん達にとって私達はそうとは限らない。というか、そうじゃないと思うんだ」

「え、なんで!?」

「だって、あたし達は四葉ちゃんが二股かけてる張本人なのよ？　あまり良い印象を抱いてないと思うし、今出て行ってもきっと拒否反応が勝っちゃうわ」

「そんな……でも、二股してるわたしのほうだよ？　悪いのはわたしで、二人は被害者で……由那ちゃん達が嫌われる理由なんて――」

「いいや、四葉さん。妹さん達からは、純粋なお姉ちゃんを誑かした悪女に見えるかも」

「二股させてる、って意味ではあながち間違いでもないしねー」

うう……ナイスアイディアだと思ったんだけれど、言われてみれば二人の言っていることの方が正しい気がする。

「そっか……変なこと言ってごめんね……」

「変じゃないわよ。あたし達もできれば会ってみたいし。でも、今は後回しにすべきだと思うの」

「力になれなくてごめん」

「ううん、全然謝ることないよ！　わたしのわがままで迷惑掛けてるのは二人に対してもそうなんだし……わたしも、すぐに助け求めちゃうから」

これはわたしの問題、わたしのわがままなんだ。

最初から二人に頼るのは無責任だったかもしれない。

「でも、相談してくれて嬉しかったよ」

「え？」

「うん。あたし達四葉ちゃんから信頼されてるんだーって思えて」

「そ、そんなの当たり前だよ！」

ここに辿り着くまで色々あったけれど……でもちゃんと話すよ。

だって二人は、わたしの……恋人だから。

「四葉さん。私達は偉そうなことを言える立場に無いけれど……でも、言わなくて、後悔したら嫌だから……ひとつだけ、いいかな？」

「え……う、うん」

「その……四葉さんは、もっとわがままでいいと思う！」

「えっ!?」

「そうね、あたしも同意見！」

「由那ちゃんも!?」

わたし、既にめちゃくちゃわがままだと思うけど……!?

二股は継続させて、それでも、姉妹には戻りたいって言ってるくらいだし……

「四葉ちゃん、あたし達の時だって、自分から二股を始めたでしょ？」

「あ……そ、それは……」

「もちろん、四葉ちゃんが二股しようとしてくれたのは、すっごく嬉しかった。だって、凜花と正面切って四葉ちゃんを取り合うなんて……正直ぞっとするし」

「それはこっちのセリフだよ、由那」

お互いを見合って苦笑する二人。

そっか……周りから見れば二人とも『聖域』っていう天上の存在だけれど、お互いから見たら違うんだ。

お互い物心ついた時からの幼馴染みで、すごいところもたくさん知ってて……最強のライバル、みたいな。

「でもね、四葉ちゃんはあたし達を二人とも選んでくれた。おかげで、あたしは凜花と喧嘩せずに済んだし、つらい失恋を負わずに済んだ……今でも、あたし達の関係はこれが正解だって思うの。たとえ……あなたの妹さん達を傷つけてしまったとしても、それは変わらない」

「由那ちゃん……」

「四葉さんは私達を幸せにしてくれた。君のわがままが、私達に二股っていう正解をくれたんだ。だから……妹さん達のことも、もっと君の気持ちにわがままになってあげてほしい」

「凜花さん……」

もっとわがままに……わたしが、なりたいように……

「私達がどう思うとか、それこそ妹さん達がどう思うとか……いっぱい気になることはあると思う。でも、私は……ううん、私達は、君が一番良いと思うことを選んでほしいんだ」

「わたしが一番いいと思うこと……わたしの、わがまま……」

わたしは桜と葵のお姉ちゃんだ。年上で、頼りになるかは分からないけれど、でも、頼りになる存在ではありたくて。

　そんなわたしが、二人にわがままを押しつけてもいいんだろうか……？

「大丈夫。駄目だったら、また次を考えればいいのよ」

「私達は絶対四葉さんの手を放したりなんかしないから。もしも四葉さんが手を放そうとしたってね」

「由那ちゃん……凛花さん……」

　わたしはやっぱりどこかで怖がってたのかもしれない。

　妹達から冷たい目を向けられて、自分で自分を責めて、追い込んで……逃げ出して。

　悩んで、開き直って、誰かに頼って、勝手に落ち込んで……そんな繰り返しだけど、それでも一緒にいてくれる人がいる。

　一緒にいたいって思える人が、たくさんいる。

「ありがとう……わたし、頑張るよ！」

　咲茉ちゃん、小金崎さん、由那ちゃん、凛花さん……みんなに迷惑をかけてしまったけれど、おかげでわたしのやりたいこと、やるべきことが分かった気がする。

　たくさん元気と勇気を貰った。

　どんな結果になるか分からないけれど、でも、やれるだけのことをやろう。

　わたしのわがままを叶えるために。

——どうか、いつまでも、二人のお姉ちゃんでいられますように。

いつかの願いが、胸の中に蘇る。

まさか今になって本気で願うことになるなんて思わなかったけれど……

(ううん、これはわがまま。わがままは自分で叶えるんだ)

もう絶対に、手放したりはしない。

桜も、葵も……最高のハッピーエンドを、絶対に掴んでみせる！

妹達に二股がバレて、数日が経った。

そう、数日……ひ、日和ったわけじゃないからね!?

ちゃんとあの日の決意は今もまだ、胸の中で衰えることなく燃えたぎっている!

ただ――

「あ、桜。おはよう――」

「…………(無言でリビングから出て行く桜)」

「葵――」

「う……!っ……!(姉を見て気まずげに逃げる葵)」

と、まぁこんな感じでとりつく島も無い状態なのだ。

前までのわたしならとっくに心が折れてしまっていただろうけれど、でも大丈夫!

ニュー四葉ちゃんはへこたれない! まだ! ギリギリ!!

「おはよー、四葉」

「あ、お母さん。今日はゆっくりなんだね」

お母さんは今まで寝てたのか、ちょっと寝ぼけた感じでリビングに入ってくる。

もう昼前なのにこんな時間までゆっくりしてるなんて珍しい。

「あら、言ってなかったかしら。今日午後から出勤なのよ」

「え、聞いてない。お弁当作っちゃったよ」

「ああ、ごめんね。じゃあせっかくだし朝昼兼用で今いただこうかしら」

「ううん、せっかくはこっちのセリフ。せっかく家で食べられるんだから、ちゃんと用意するよ」

お母さんも、すでに朝一で会社に行ったお父さんも、わたしが夏休みでだらだらしている間も一生懸命働いてくれている。

ゆっくりする時間があるなら、冷める前提のお弁当より美味しいものを食べさせてあげたい。

「お母さん何食べたい？　言っててくれたらちゃんと準備できたのに」

「そうね……じゃあ、ミートソーススパゲッティで！」

「りょーかい！」

お客さんからのオーダーに元気よく返事し、わたしはキッチンに向かった。

ミートソースかぁ……お母さん起きたばっかりだし、できるだけ胃に負担かけないように工夫しないと。

「面倒掛けてごめんね」

「ううん、全然。ていうかお母さんミートソース好きだよね」

「だって四葉が初めて作ってくれた料理だもん」

「初めてって、パスタ茹でてレトルトソースかけただけじゃん」

あの日のことはまだ覚えてる。

わたしはまだ小学生で、ガス台だって踏み台に乗らなきゃ届かなくて。

お仕事しながらごはんも用意してくれるお母さんのお手伝いをしたくって、無理言ってキッチンに立たせてもらったんだ。

「あの頃の四葉は可愛かったわよねぇ。火にびっくりして、沸騰したお湯のボコボコって音にびっくりして」

「や、やめてよ」

お母さんは思い出の一ページって感じで噛みしめたように言ってくれるけれど、わたしとしては恥ずかしい過去なのだ。

実質パスタを茹でるだけだったのに、お塩を入れすぎてちょっとしょっぱくなっちゃったし、パスタ自体茹ですぎてでろんでろんになっちゃったし。

お父さんとお母さんは美味しいって言ってくれたけど、それは気を遣ってくれてただけ。

桜と葵は微妙そうな顔してたもんなぁ……。

「言っとくけど、わたしだって成長してるんだからね？　ミートソースだってちゃんと作ってるし、パスタだってちゃんとアルデンテで茹で上げるんだから！」

　まぁ、パスタを見ててくれるのはキッチンタイマーだけど。

「あ、そうだ四葉（よつば）」

「なに？」

「桜と葵となんかあった？」

「ぶっ!?」

　突然の会話の流れを無視したぶっこみに思わず吹き出してしまう。

「図星？　にしても珍しいわねぇ」

「あ、あの、これはですね……」

「まぁ、親が口出しすると余計こじらせちゃいそうだけど……あの二人が四葉にあんな態度取るなんてよっぽどだと思ったから、ついね」

「珍しい、かな」

「そらそうよ。だって二人ともお姉ちゃんにべったりじゃない」

　今更なに言ってんだか、といった感じで呆（あき）れるお母さん。

「でもさ、葵はともかく桜は、ずっとつんつんしてるし……」

「そんなのお姉ちゃんに構って欲しいからよ。葵の手前、ストレートに甘えられないって桜の素直じゃない愛情表現でしょう？」

だけで。あと、受験のストレスもあるかもだけど、真っ直ぐそれをぶつけられないのも、

「………」

「まぁ、逆に葵は真っ直ぐすぎるけどねぇ」

お母さんはそう言って、苦笑する。

「そんな四葉達が、ここ最近殆ど会話してないし、お互い避け合ってるでしょう？」

「避けては、ないけど……」

「せっかく今度みんなで温泉行くんだから、もしできるなら仲直りしてくれるとお母さん的には嬉しいんだけど」

「うん……ごめんなさ——え？　温泉？」

「あれ、言ってなかったかしら。今度の土日に予約取れたから家族で温泉にでも泊まりに行こうって」

「そんなの聞いてな——いや、聞いてたかも!?」

うっすらぼんやり聞いた記憶がある。

そうだ、たしか夏休みに入る直前くらいに言われて、でもわたしは赤点が一個だけという状況に浮かれてて……

「あんた、もしかして予定入れちゃった？」

「う、ううん！　それは大丈夫……だけど」

家族で温泉。これ自体は間家的には珍しいイベントでもない。

わたし達全員、温泉は大好きだ。

それこそわたしが物心ついた時からよく連れて行ってもらってる定番の温泉旅館があって、雰囲気も良いし、ごはんも美味しいいし、露天から見える景色も最高で、当然嬉しいんだけど――

「あのさ、お母さん」

「ん？」

「いっこ、わがまま言ってもいいかな」

「わがまま？　四葉が？」

「だめ？」

「だめじゃないわよ。ただ珍しいから。お父さんがいたら泣いて喜んだかも」

「おおげさすぎだよ」

丁度、ピピピっとキッチンタイマーが鳴る。

「あ、お母さんごめん。先にこっちやっちゃうね」

一旦話を中断して、パスタをお湯からあげて、湯切りして、オリーブオイルと絡める。

そして会話をしながら準備していたミートソースと一緒にお皿に盛り付けて、完成！

「はい、おまちどうさま」

「うわ、いい匂い……やっぱり天才ね、四葉」

「普通だよ、普通」

お皿を、フォークとスプーンと、あと粉チーズとタバスコと一緒にトレイに乗せ、リビングに運ぶ。

「飲み物どうしよう。麦茶でいい？」

「ええ、ありがとう」

というわけでお母さんの分と自分の分の二杯、麦茶を注いで持ってくる。

「それじゃあ、いただきますっ！　はむっ……んー！　相変わらず文句なしに美味しいわね！」

「えへへ……ありがと」

うちの家族はみんな美味しそうに食べてくれるから、わたしも実に作りがいがある。ていうか、せっかくなら自分の分も作っておけば良かった。お昼ごはんにはちょっと早いけれど、なんだかお腹減ってきちゃったし。

「それで、四葉。わがままってなに？」

「あ、うん。その……今度の温泉の時にね――」

わたしのそのわがままにお母さんは少しびっくりしていたけれど、すぐにお父さんに伝えっつ、旅館に電話して確認してくれた。

「……うん、大丈夫」

「ありがとう。わがまま言ってごめんね、お母さん」

「いいわよ。さっきも言ったでしょ。四葉はもっとわがまま言っていいのよ」

お母さんはそう言って、頭を撫でてくれる。

ほんの少し、二股のことを隠してる後ろめたさを感じもするけれど……ううん、今は目先のことだけ考えよう。

思わぬところで（わたしが忘れてただけだけど）飛び込んできた温泉旅行……家族だけのイベント！

車でしか行けない距離にあるここでなら、桜も葵も、そしてわたしも逃げられない！

名付けて……湯けむり仲直り大作戦ッ!!　なんかちょっと言いづらいけれど、まぁ良し！

ふっふっふっ……決戦の時は近いっ!!

「……あんた、変な笑い方するわね」

「ひどっ!?」

それからあっという間に時間が過ぎて、あっという間に土曜日がやってきた。

由那(ゆな)ちゃんと凛花(りんか)さんには、妹達とのことに決着がつくまでデートは自粛させてもらっている。

二人との用事が無ければ外出する用事もがくっと減り、補習も夏休みの後半での実施となっているため、わたしは引きこもりライフを満喫していた。

あまりの暇さに、早くも夏休みの宿題にまで手をつけてしまうほどだった。捗(はかど)る捗るはかど――嘘(うそ)です。宿題に向き合う時間を作ったとて、問題が解けるとは限らないのだ。

途中、何度か桜(さくら)や葵(あおい)と顔を合わせる機会もあった。

けれどやっぱり一貫して避けられていて……正直、ダメージもかなり大きい。

でも大丈夫。ちゃんと機会は用意されているから……と自分に言い聞かせつつ、これ以上つらくならないように、焦って自爆してしまわないように、わたしからも二人との接触は極力避けるように努めた。

たぶん、桜が生まれて以来一番妹成分を摂取しなかったと思う。

家を長く空ける、たとえば修学旅行とかでも、毎晩電話してたわたしがだ！

慣れないことをしたせいで一日もせずにメンタルはボロボロ。

しまいには家の中にいるのに、なんかドロっとしたような視線みたいなものを感じたりして……なんだろう、妹成分が枯渇すると霊感的な何かが高まるんだろうか。

正直霊的なアレは苦手なんだけど……それでも意を決して、バッと振り向くと――

「……何よ」

「……なに」

してやられたっ!!

振り向けばいつもそこには桜か葵がいた。

そして妹達も丁度偶々こちらに目を向けたところだったのか、ムッとした表情でわたしを見返してきて……多分、わたしがずっとじっと妹を見ていたと勘違いしてるんだ！

うう……違うのに！　きっとわたしが禁欲ならぬ、禁妹をしているのを邪魔しようとしている悪戯幽霊のしわざなんだ！

そう言い訳したいけれど、すれば頭がおかしくなったって軽蔑度合いが更に上がることは明らかなので、

「う、ううん……なんでも、ない……」

と、必死に作り笑顔を浮かべて、涙をぐっと堪えて顔を逸らすのであった。

…………なんて、ここ数日を振り返っている内に、宿泊用の荷物も積み終わり、いよいよ出発という段階になった。

「それじゃあ、みんな乗って」

運転担当のお父さんに声を掛けられるまま、わたし達は車に乗り込もうとして——

あっ！

(ど、どうしよう……!?)

わたしは今更大変な問題に気が付く。

それは——我が家の車、大きくない問題だっ！

間家の自家用車は一般的なファミリーカーだ。運転席があって、助手席があって、後ろの席はぎりぎり三人座れるくらいの五人乗りタイプなのだ。

この五人乗りというのが肝で、運転席は当然お父さん、助手席にはお母さんが乗り込む。

そして後ろの席には、わたし、桜、葵の三人が乗ることになるのである！

(普段だったら、ぴったりくっつけて役得でしかないけど……！)

この状況においては、妹達を嫌な気分にさせてしまう気がして、すごくつらい。

それこそ普段の着座位置は、わたしが真ん中で桜と葵が両サイドから挟んでくれる妹キャバクラスタイルなわけだけど、二人ともそんなの嫌だろうし——

「お姉ちゃん、さっさと乗ってよ」

「え、桜!?　今わたしのことお姉ちゃんって！」

「……せっかくお父さんとお母さんがお休みとってくれたんだもん。今くらい、目瞑るわよ」

　桜がそう、お父さん達に聞こえないくらいの小さな声で言う。

　お姉ちゃんのことは嫌い――じゃなくて、ちょっとアレだけど、家族の和を乱したくないという優しさが溢れだしている！

「葵も同じだから……だから今までどおりで、いいよ」

　わたしの腕をぎゅっと……ではなく、そっと指で摘まんで仲良いアピールをする葵。

　ほんのちょっとの触れ合いだけれど、普通に嬉しい。

　正直に言えば、調子に乗って葵を抱きしめてしまいたいけれど……それはさすがに駄目だ。

「う、うん。ありがと……」

　わたしは衝動をぐっと堪え、桜と葵に顔を近づけつつ、耳元で感謝の言葉を囁く。

　二人ともビクッと肩を跳ねさせていて……やっぱり判断は間違ってなかった。

「じゃ、じゃあ、お姉ちゃん真ん中ね」

「う、うん」

　桜に手首を引っ張られ、葵に押され、わたし達は車に乗り込んだ。

　お母さんはわたし達がギクシャクしてることに気が付いていたみたいだし、もしかしたらお父さんもそうなのかもしれない。

でも二人とも何も言わずに、微笑(ほほえ)みながら見守ってくれている。

それがありがたくて、なんとかしなくちゃって気持ちが強くなる。

間家の未来はわたしに掛かっているのだ!!

……まぁ、そもそもの原因もわたしなんですけどね。

温泉までは車で1時間半くらい。

途中でサービスエリアとかに停(と)まったりはするけれど、殆(ほとん)どは車内で過ごすことになる。

(なんか……狭い?)

みんなで車に乗るの自体結構久しぶりだけれど、にしたって前回に比べて狭く感じる。

いや、でも変な話じゃないか……三人揃(そろ)って成長期なわけだし。葵も桜も順調に育ってるみたいだし。

でも、ぴったり腕と腕が密着するような状況で、二人は嫌な気分になっていないだろうか……?

「「………」」

どちらも、黙って目を閉じて、一見何かに集中しているようにも見える。

実は間三姉妹には共通して、車に酔いやすいという弱点があるのだ。

もちろん、酔い止めを飲んで対策はしているし、お父さんもできるだけ車が揺れないように気を遣って運転してくれているから普段は大丈夫。

ただ、車内で本を読んだりスマホを見たりすれば一発で酔えちゃうので、二人とも気を紛らわすことができなくて、こうして黙っているしかないんだと思う。

「桜、葵。大丈夫？」

そんな調子なのでお母さんが助手席から心配そうに声をかけた。

「あ、ちょっと酔っちゃったみたい！」

「そう……ちょっと窓開けるわね。お父さん、次のパーキングエリアで一旦停まりましょう」

「分かった。二人とも、ちょっと辛抱な」

たぶんわたしのことが嫌なだけだと思うけれど、それでも本当に酔っちゃったんじゃないか心配だ。

普段だったら背中を擦ってあげるんだけど……でも、嫌がられそうだし……最悪触れた瞬間吐かれちゃったりしたら、もう、車の窓から飛び出すレベルだ。

うん……ここはそっとしておこう。二人にとってもその方がいい――

「ふぅ……」

「っ!?」

そう思った矢先、葵がぐらっと揺れ、わたしにもたれかかってきた！

そして、そんな状況でわたしが我慢なんかできるわけもなく、

「葵、大丈夫？　ほらお水飲んで」

わたしはさっきの決心を速攻で揺らがせ、葵の背中を撫でつつ、自分のペットボトルを差し出した。

「お姉ちゃん……」

葵はびっくりしたように目を見開き、すこし戸惑いながらもペットボトルを受け取って飲んでくれる。

「どう？　少し落ち着いた？」

「う、うん……」

「パーキング、もうすぐ着くからね」

「……ありがとう、お姉ちゃん」

「ううん、大丈夫だよ」

っと、具合が悪いのは葵だけじゃない！

「桜も大丈夫？　わたしにならいくらでも頼ってくれていいからね？」

「う……！」

わたし達のほうをじっと見ていた桜が、気まずげに顔を逸らす。

顔色は悪く見えないけれど……でも、心配だ。

「つらかったらちゃんと言ってね」

「……そんなの、ずるいよ……」

「え？」

「っ……なんでもない。アタシは大丈夫だから」

桜はつんっと顔を逸らし、窓の外に目を向ける。

薄ら窓ガラスに反射して桜の表情が見えて……それがどこか痛みを堪えるみたいにつらそうで……

わたしは、思わず桜の背中に手を伸ばしていた。

「っ！　ちょ、なにやって……」

「ごめんね。でも、少し擦るだけだから……ね？」

「う……分かったわよ……」

渋々といった感じだけれど、桜は拒絶せずに身を委ねてくれる。

お父さん達の前だからってことは分かってるけど……分かってても嬉しくて泣いちゃいそうだ。

表面上、ようやく姉妹らしい姿を見れたことで、お父さんとお母さんもフロントミラー越しに生温かい視線を向けてくる。

少し恥ずかしいけれど……でも数日ぶりに感じる妹達の温もりに、わたしもつい酔いしれてしまうのだった。

そんなこんなで少し前に進んだのか、それとも下がったのか……ちょっとばかしの変化を感じながらも車は進み、ほぼ予定どおりの時刻に温泉旅館に到着した。

その名も入賀温泉旅館！　小さい頃、「イルカ温泉」と読み間違えたのがきっかけでお気に入りになった温泉旅館だ。ちなみに間違えたのは三姉妹揃ってだ。

お父さん達がチェックインをしている間、ロビーで出されたお茶を飲みながらのんびりボーッとするわたし。

でも、ただ何も考えずにボーッとしているわけじゃない。

実際はこれからのことを何度も何度も頭の中で思い巡らして、緊張に心臓をバクバク跳ねさせながら、必死に平静を装っている。

桜も、葵も、何も喋らずそれぞれスマホに目を落としている。車の中で、特に葵とは少し距離が縮まった気がしたけれど、そんな簡単にいくわけないよね……。

（ん……？　二人ともスマホ見てるし、今ならもしかしてじっくり観察してもバレないのでは!?）

天才、現る。

わたしは、わたしもスマホを見る振りをして、こっそりシスターウォッチングモードに移行する！

（ぐは……!?　か、可愛い!!）

二人とも、今日もやっぱり可愛かった。

桜はなんか、シックな感じが清楚な雰囲気を演出していて、でも髪はいつものツインテールで……どこか幼さとか、ちょっと世間知らずなお嬢様感がある！　撫で回したいっ！　塩対応されたい!!

そして葵はもう、着こなしがオシャレ！　オシャレな子しか着れないよその色のシャツ！　ちょっとラフな感じだけれど、それがまた大人っぽいというか……滲み出る陽キャオーラにわたしは窒息寸前だよ……！

二人とも可愛いな……こっそり写真撮っちゃおうかな。でも、スマホの角度でバレるかな。

……なんて葛藤している内に、

「みんな、お待たせ」

「……え」

チェックインを終えたお父さん達がやってきて……桜がびっくりした声を漏らした。

お父さんの右手――持っている鍵を見て。

「二部屋借りたの？」

「あ……！」

桜の言葉に葵も気が付いたみたい。

そう、お父さんの手には鍵が二本握られていた。

これまで、入賀温泉に来る時は家族五人で一部屋を借りていた。

その方が安いし、まぁ別に分ける理由も無いというか、家族みんな一緒のほうが楽しいし。

でも、今回は桜の言ったとおり、二部屋に分かれている。

「そ、たまには夫婦水入らずでね。四葉達ももう大きくなったし、私達がいたら窮屈でしょう？」

「え、夫婦水入らずってことはお母さん……もう一部屋って、葵と桜ちゃんと……お姉ちゃんってこと!?」

「ええ。でも、ご飯とかは一緒に食べるからね。ええと、7時に宴会場ですって。一応チャットにも送っておくわね」

「言っても部屋は隣同士だから、何かあったら言うんだぞ。四葉、部屋の鍵渡すな」

「うん。ありがとう、お父さん」

ぽかーんとする二人をよそに話を進めるわたし達。

もちろんわたしはこういう部屋割りになることを知っていた。

だって……そうお母さんにお願いしたのは他でもないわたしだからだ。

「アタシ達と……」

「お姉ちゃんの、三人部屋……？」

あからさまに動揺する妹達に罪悪感を感じはするし、家族旅行を計画してくれたお父さんとお母さんにはわがまま言って申し訳なさはあるけれど、これがわたしの作戦だ。

今日まで関われなかった分まで、今日の残りは思いっきり関わり倒す！

そして……わたし達のこれからの関係を築いてみせる。

桜と葵にとって一番良い、できればわたしにとっても最高な、間三姉妹の関係を。

◇◇◇

「お姉ちゃん、こうなること知ってたんだ」

お父さん達と分かれて、部屋に入って荷物を置くなり、当然と言うべきか桜から責められてしまった。

でも大丈夫。こうなることは予想済みだ。ちゃんと毅然とした対応だってできる——

「う、うん……ごめん……」

ああっ！　体が勝手に!?

だ、だって！　姉タイプは妹タイプからの攻撃にこうかばつぐんなんだもん!!

嬉しいが百倍なら、つらいだって百倍なんだから！

こうもハッキリ言われてしまうと、もう理屈も何も無くて、ただただ頭を下げることしかできないっ!!

「もしかして、この旅行もお姉ちゃんの計画の内だったわけ？　その……あの件について話すために」

二股なんて口にもしたくないのか、言葉を濁す桜。

「ううん。旅行は元々お父さん達が考えてくれてて、でも……あんなことがあったから、わたしが部屋を分けて欲しいってお願いしたの」

もしかしたら、桜達にバレずとも、元々わたしが二股について告白しようとしていたってことにできたのかもしれない。桜の質問も、そうわたしが誤魔化すことを望んでいたのかもしれない。

でも、嘘は吐けない。吐きたくない。

「……そう」

桜はそれ以上何も言わなかった。

葵もわたし達のやりとりを固唾を呑んで見守っていて――部屋が重たい空気に包まれる。

何か、言わないと。

わたしから……わたしがこの場を用意してもらったんだ。

だから……だから……！

「桜ちゃん、それに……お姉ちゃん！」

「っ！」

「あ、葵？」

「あの、ね。その……温泉、行かない？」

突然の葵の言葉に、わたしと桜は固まってしまう。

「せ、せっかく温泉来たんだもん。入らないともったいないよ」

「ちょっと、葵！」

桜が慌てて葵を摑み、部屋の隅に連れて行く。

「葵……まさか……」

「だって……桜ちゃんも……」

「それは……でも……」

「だったら……すれば……」

「ちょっ!? あ、葵……！」

そして、わたしに殆（ほとん）ど聞こえない小声で、二人はなにか口論を始めた。

「ちょ、ちょっと二人ともどうしたの……!?」

「っ……！ 分かったわよ……!!」

「え、ええと……?」

「ほら、お姉ちゃんも準備して！ それともひとりでお留守番してる!?」

「あ、えと……う、うん。わたしも行くっ」

桜と葵の間にも何かあるんだろうか。

わたしはやけくそ気味の桜に急（せ）かされつつ、急いで温泉に行く準備を始めた。

脱衣所から大浴場に入ると、中にはまだ他に誰もいなかった。
お母さんもいないのは、運転疲れのお父さんに付き添ってのんびりしているからだろうか。
なんにせよ貸し切りみたいでテンション上がる！

「ねぇねぇ、お姉ちゃん」

「ん、葵？」

「葵が体洗ってあげよっか？」

「……え？」

「ちょ、葵……！」

「桜ちゃんは気にしなくていいよ？　葵がそうしたいだけだから」

どういう風の吹き回しだろう……葵がこんなこと言ってくれるなんて！

元々葵は、ここ とか、たまに家でも「体の洗いっこしよう」って言う子だけれど、今の状態でそんなことを言い出すなんて思わなかった。

それこそ、さっきまで塩対応だったのにいきなりグイグイ来られると、普通余計に警戒してしまうと思う。

そう……普通なら。

「じゃ、じゃあお願いしようかな!?」

わたしは自他共に認めるシスコンエリートなので、罠だろうがなんだろうが構わず飛び込むのである！

「うんっ！　じゃあお姉ちゃん。こっちこっち！」

「葵ぃ……ぐぅ……！」

桜ちゃんが恨みがましく唸っているけれど、葵は気にせずわたしの手を引いて洗い場に連れて行く。

そして、鏡の前にわたしだけを座らせて――

「じゃあ……コホン。お客さん、かゆいところがあったら言ってくださいねー？」

「えっ」

「シャワーかけまーすっ！」

葵はそうわたしにシャワーをかけ、次にシャンプーを手に取って、髪を洗い出す。

「えっ、葵？　そんな全部やってくれるの!?」

「うんっ。言ったでしょ。体洗ってあげるって」

「いや、でも、こんなしっかり――」

「お口開けちゃだめだよ？　口の中に入ったら苦くなっちゃうから」

「あ、はい……」

いつも通りの葵だ。

いや、前までの葵だ。

わたしは嬉しい反面、ただただ戸惑うばかりで……だって、まだ何も話してない。何も解決してないのに。

葵は当然、シャンプーにかこつけて何か攻撃してくるなんてわけもなく、丁寧な手つきで洗い、流してくれる。

「はい！　お姉ちゃん、さっぱりした？」

「う、うん。すっごく気持ちよかったよ」

「良かったぁ。じゃあ、次は体洗ってあげるね」

「え、いや……その洗ってもらってばっかじゃ悪いよ。葵も自分の体洗わなきゃだし……」

「お姉ちゃんは気にしなくていいからっ。それに……えへへ。お姉ちゃんの体洗ってたら、葵の体も綺麗になっちゃうもん」

葵はそう言って……な、なんと、石けんを泡立てて自身の体に塗りたくった。

これは噂に聞く、自分の体をスポンジ代わりにするという大人の遊びでは……!?

「あ、葵ちゃん!?」

「え、えへへ……ちょっと恥ずかしいね……」

これは普段の葵じゃない！　普段の葵だったら、体洗い用のタオルを使ってたし……普段の葵よりなんか……強い。

つい反応が気になって桜ちゃんを捜すけれど、既に洗い場にはいなかった。

「じゃあ……失礼しますっ！」

「ひゃっ!?」

泡を塗りたくった葵が、後ろから思い切り抱きついてきた!!

「あ、葵!?」

「お姉ちゃんの肌すべすべで気持ちいい～」

すりすり体を擦りつけて、泡を移してくる葵。

柔らかくて、すべすべで、あったかくて……すごく気持ちいい。

「お姉ちゃん、けっこうおっぱい大きいよね……」

「～～～っ!?」

葵の手が、わたしの胸に触れた。

最初はつんつんと控えめに。

でも、すぐに遠慮無く揉(も)みだした……!

「んっ……あ、葵……」

「こ、これはべつに変な意味ないからねっ!? その、ちゃんと泡染み込ませないとってだけだからね……!」

そう言う割に、なんだか鼻息荒くなってませんか……!?

葵の吐息が耳に触れる。

それほどまでにがっつり組み付かれて……妹相手なのに、なんか、ぼーっとしてくる。

「お姉ちゃん……お姉ちゃん、お姉ちゃん……」

何か嚙みしめるみたいに、ひたすらわたしを呼ぶ葵。

どうしよう。どうしちゃったんだろう。

今、いったい何が起きているのか全然分からくて……でも！

「あ、葵!!」

「えっ」

わたしは、僅かに残った理性をフル動員させ、なんとか葵から逃れるように立ち上がる！

葵はびっくりした目でわたしを見上げていて……罪悪感もあったけれど……

「ありがとっ、葵！　おかげですっごく綺麗になったよ！」

そう言いつつ、シャワーで泡を洗い流し、急いでその場を後にした。

放っていく感じになってしまったけれど、頭を冷やさなきゃいけないって思ったから……わたしも、葵も。

（どうしちゃったんだろう、葵……）

なんだか、無理してた気がする。

前までの葵に比べても、なんだか積極的というか強引というか……すごく緊張してどこかぎこちなかったし。

それに葵はわたしのこと嫌ってたはずなのに、なんで急にあんな……それこそ恋人にやるみたいなこと……

「お姉ちゃん」

「あ、桜……」

「……葵は？」

「あ、葵は……えと、まだ体洗ってるんじゃないかな？」

「そう」

桜は内湯に浸かりながら、あまり気にした様子もなく淡々と喋る。

三姉妹の中では唯一髪の長い桜は、お湯に髪をつけてしまわないよう後ろでまとめていて、なんだか大人っぽいというか色っぽいというか……

「入らないの？」

「あ、いや、うん……入ろうかな。入って、大丈夫？」

「アタシ、ここの主じゃないんだけど」

「そ、そうだよね。あはは……」

葵にあった変化が桜にもあるんじゃないかって期待半分身構え半分でいたわたしに、桜は相変わらず塩な返しをしてくる。

いや、元々こんなんだったっけ？　それとも元以上に塩になってる？

う、うう……なんか頭の中がごちゃごちゃして分かんない……！

とりあえずゆっくりお湯に浸かって落ち着くかぁ……と、浴槽に足を踏み入れようとしたその時！

「ふぅ」

ざばっと音を立て、桜ちゃんが立ち上がった！

「えっ、上がるの!?」

「そうだけど？」

わたしが入ろうとしたら上がるなんて、そんなあからさまなことある!?

やっぱり塩だ！　怒ってるんだ！

悲しいような、ホッとしたような……そんな複雑な気持ちになりつつ、ぐっと涙を堪(こら)えるわたし。

そんなわたしを桜は、なぜかじっと真剣な目で見てきていた。

「ね、ねぇ、お姉ちゃん？」

「はい……なんでしょう……」

「露天行かない？」

「へ、露天？」

「露天風呂。外にあるお風呂」

いや、露天風呂とはなんぞやと疑問を抱いたのではなく。

「ここ貸し切りなら、露天だってきっとそうでしょ」

「あ、そうだよね、多分」

「行こうよ。そんなの滅多にないし」

「え、あ……さ、桜」

桜は有無を言わさず、わたしの手を引いて歩き出す。

塩対応のはず、だよね？　わたしのこと、嫌ってるんだよね？

それなのに桜は、わたしを露天風呂に連れて行ってくれる。嫌なら一人で入ればいいのに、一緒にいさせてくれる。

なんで、なにが桜と葵にあったの!?

「ふぅ……夏だけど、中に比べたらなんか涼しいわね」

「う、うん」

外は桜の言う通りで、ちょっとばかし肌寒さも感じた。

そりゃあ裸ですし……露天風呂くらいだよね、裸で外に出るなんて。

そんなことを思いつつ、桜ちゃんに誘われるままに露天風呂に浸かる。

ああ、気持ちいい……天気も良いし、ここから見える山間の景色も綺麗で、癒やされる
……

「お姉ちゃん、だらしない顔してる」

「し、してないよう！」

「してるわよ。カメラ持ち込めないのが残念なくらい」

桜はそう、にいっと笑う。

その距離がやけに近い……というか、露天風呂もそんなにめちゃくちゃ大きいわけじゃないけれど、桜はそれこそ肩と肩が触れる——どころか、ぴったりくっついて形を変えるくらいの隣に座っていた。

「ど、どうしたの、桜」

「どうもしてないわよ」

「いや、そんなこと……」

「してないからっ！」

桜はやけくそな感じで声をあげつつ、反発するみたいにより密着……腕を組んでくる。

「さ、桜……」

「……いいでしょ。昔は、こうだったんだから」

「そうかもだけど……」

そりゃあ確かに昔の甘々桜ちゃんだったらこれくらい当たり前だった。

でも今は塩桜ちゃんなんだよね？　わたしに怒ってるんだよね？

戸惑うし、気になるし……なにより、心配になる。

「ねぇ、お姉ちゃん。覚えてる？」

「え、ええと……何を？」

「アタシと……キスしたこと」

「ぶぅっ!!」

つい吹き出してしまった。

それほどまでに衝撃だった。

まさか、桜（さくら）からこの話を掘り返されるなんて!!


それはまだ二人とも小さくて、たぶんわたしは小学生低学年とか、桜もぎりぎり小学校入ったか、幼稚園通ってたかとか、それくらいだったと思う。

「もっとお姉ちゃんと遊んでたい！」と拗（す）ねる葵（あおい）をお母さんが寝かせに行って、わたしは桜と、お父さんとテレビドラマを見ていたんだ。

今思えばちょっとおませかもと思うけれど、わたしは当時からテレビドラマが大好きで、その影響を受けて桜も一緒に見てた。

ちょっと大人向けの内容だったとは思うけれど、ドラマを見ている間はわたし達（たち）が大人しいし、集中する分終わったら疲れてすぐ寝ちゃうから、お父さん達も許してくれてたんだと思う。

きっかけは、そんなテレビドラマの中でも恋愛をがっつり描いたシリーズのクライマックス。

苦難を乗り越え、真実の愛を見つけたカップルがキスを交わすドラマチックなシーン……なんて、言葉にすると恥ずかしいけれど、当時のわたしと桜は食い入るようにそれを眺めていた。

『ねーねー、おねえちゃん』

『なぁに、桜』

二人並んでお布団に入って、この時は三人部屋だったから葵を起こさないようにひそひそ声で喋る。

大体がドラマの感想を言い合ったりしていて、その日も同じだった……んだけど、
桜は内容より、その行為に興味を持ったみたいだった。

『キスって、なんかすごいね』

『なんか、すごくかんどうしちゃった』

『ねー』

『さくらもいつかするのかなぁ、キス……』

『大好きな人ができたら、きっとするよ』

ちょっと上のお姉ちゃんらしく、偉そうなことを言うわたし。

もちろんキスの経験なんか無かった。でも、妹の前ではかっこつけたがる……それがお姉ちゃんという生き物なのだ。

『だいすきなひと？』

『うん。えっとね……キスって、結婚するくらい好きな人とするものなんだって。ほら、ドラマの人達も、お互い大好きだからキスしたんだよ』

『へぇ……けっこん……』

キラキラと目を輝かせる桜。

幼いながらに桜も結婚に興味を持っていたんだろう。もちろん、わたしだって当時はまだ、いつか素敵な人と出会って結婚して……なんて思っていたと思う。多分。きっと。

『じゃあ、おねえちゃん』

『んー？』

『さくらとキスしようよ』

『え？』

桜はぎゅっとわたしに抱きついて、そうおねだりしてきた。

『だってさくら、おねえちゃんのことだいすきだもん！　おねえちゃんとけっこんしたい！』

『さ、桜。あまり大きな声出すと葵起きちゃうよ？』

『あ、ごめん……』

しゅんと肩と声を落とす桜。

そんな桜が可愛(かわい)くて、つい頭を撫(な)でる。

桜も気持ち良さげに、まるで猫みたいにすりすり体を寄せてきた。

『ねえ、お姉ちゃん。だめ？』

『だめじゃないけど……』

わたしも桜のことは大好きだった。

でもキスって、結婚って、お父さんとお母さんみたいに、男の人と女の人がするものだって思ってて……

『ね、おねえちゃん。キスしようよ』

『う……』

真剣におねだりしてくる桜に、わたしはついつい押されてしまう。

だって、これを断ったらまるでわたしが桜のことを嫌いみたいになってしまうからだ。

桜は絶対に落ち込むし、泣いてしまうかもしれない。

『……いや？』

『い、いやじゃないよ。でも……ううん、分かった。いいよ』

結局わたしは押され切って、桜のおねだりを受け入れた。

『でもね、桜。これは練習。いつか桜もお姉ちゃんより大好きになる人ができた時のための……ね？』

『さくら、おねえちゃんよりもすきなひとなんていないよ？』

『えへへ、ありがと。でも、これからできるんだよ』

『これからだってできないもん……』

ぷくっとほっぺたを膨らませて、抗議する桜。

そんな桜が可愛くて、わたしはついつい絆されてしまう。

『じゃあ、ええと……する？』

『うんっ』

桜はぎゅっとわたしに抱きついて、唇を差し出すように向けてくる。

ええと、これはわたしからした方が良いんだろうか……と、まごつきつつ、わたしもゆっくり桜に近づき——

——カツンッ！

『『〜〜〜ッ!?』』

痛っ!?

唇の柔らかな感触を一瞬で打ち消す、鈍い痛みが口の中に走った。

たぶん、歯と歯が当たっちゃったんだ！

『き、キスっていたいんだね……』

口を両手で押さえつつ、桜が涙目で訴えてくる。

『い、今のは歯がぶつかっちゃったから、たぶん違うと思う……!』

声を抑えつつ、すぐさま反論するわたし。

練習なんて言ってたのに、こんな痛い思い出で終わらせちゃったらマイナスどころじゃない!

『も、もう一回やろ! ね!?』

『うー……』

涙目な桜に必死に訴え、自らもう一回をお願いするわたし。

『いい? 桜はじっとしてて』

『う、うん。おねえちゃん』

目を閉じて、わたしに全部委ねてくれる桜。

今度はなんとか成功させないと。

焦らず、ゆっくり……あのドラマのシーンみたいに、相手を思いやって……

『おねえちゃん……』

『桜、怖い?』

『ううん……こわくない』

『そっか。よかった……』

頬を緩ます桜の頭を優しく撫でつつ、わたしは桜の唇に、自分のそれを重ねた。

ほんの一瞬だけの……たぶん、外国だったら挨拶とかで普通にやってそうな、さりげないキス。

でも紛れもなく、お互いにとって初めてのキスで――

（正直、桜的には忘れてるか、覚えてても黒歴史的な扱いになってると思ってたけど……）

わたしの二股が露呈しなくても、着々と姉離れを始めていた桜が、まさか自分からこの話を掘り返すなんて想像もしていなかった。

「その反応、やっぱり覚えてるんだ」

そ、そりゃあもう……今まさに鮮明に思い返せたくらいだし。

でも、内容が内容なので、なんて言っていいか分からなくて……そんなもじもじするわたしをじっと見つめて、桜は少し震えた声で――

「お姉ちゃんはさ……アタシにしてほしいこと、ある？」

いきなり、そんなことを聞いてきた!!

「し、してほしいこと!?」

わたしを上目遣いに見ながら聞いてくる桜に、わたしは思い切り動揺してしまう。

だ、だって、今ファーストキスの話したばっかで、そんなこと言われたら……つい変なことを考えてしまってもしかたがないと思う……！

「アタシ、なんでもするよ。お姉ちゃんのためなら」

「な、なんでもって……」

「あ、でも痛いのはちょっとヤかも……ううん、お姉ちゃんがそれがいいって言うなら、頑張るけど……！」

さ、桜ちゃん!?

どうしちゃったの!?　なんでそんなにグイグイくるの!?

今朝までとのあまりの温度差にお姉ちゃん風邪引いちゃうよ!?

「アタシ、覚悟できてるよ。お姉ちゃんが望んでくれるなら、アタシ……」

熱に浮かされたみたいに、桜はわたしの正面に移動し、景色になんて目もくれず、ただわたしだけを見つめる。

その目に映る感情を、わたしは知っている。

彼女の内に籠もる熱が、わたしにまで移って全身を燃やそうとしてくる、この感じ――

「お姉ちゃん。アタシ……あの頃と同じだから」

「桜……」

「あの頃からずっと同じ気持ちだよ」

桜が、わたしをぎゅっと抱きしめてくる。わずかに、腕を震わせながら。

「だから……お姉ちゃんが望むなら、なんだってしてあげたい。ううん、する。ぜったいする」

「さ、桜ちゃん……ちょ、ちょっとのぼせちゃったんじゃないかな……？」

「……そうかな。そうかも……」

桜の潤んだ瞳が、わたしを見つめて離さない。

少しずつ、距離が近くなっていくのが分かる。

桜が生まれて、わたしがお姉ちゃんになって、それからずっとそばにいた。

けれど、そのずっとの中でだって一度も見たことのなかった桜のその表情に、わたしは思わず見とれてしまって――

「お姉ちゃん……」

「さく、ら……」

吐息が、交わる。

世界中の、他の全てが消え去ったみたいに、わたしの世界に、桜だけがいて――

初めての、こども歯磨きのイチゴ味とは違う、桜の味が口の中に広がった。

「アタシ、お姉ちゃんが好き。大好き」

その「大好き」が、わたしが桜や葵に伝える「大好き」とは全然違うものだって、すぐに分かった。

その「大好き」は、わたしが由那ちゃんや凜花さんに伝えるのと同じ意味の「大好き」だ。

わたしはそんな桜の言葉に何も返せなかった。

姉として、間四葉として、何を答えても間違いしか出てこない気がした。

だって、そもそもこの温泉旅行のためにわたしは、妹達に許してもらうための計画を立ててたんだ。

二人は二股なんてするわたしのことを軽蔑していて、だけど、わたしはすごく真剣だから認めてほしいって。

わたしは、桜のこと全然理解できてなかった。

反抗期とか、姉離れを始めてるとか、わたしのこと嫌いとか……表面だけでしか、桜のこと見れてなくて……

「こんなこと言ったら、お姉ちゃんのこと困らせるって分かってた……だって、アタシは

お姉ちゃんの妹で、お姉ちゃんは……お姉ちゃんだから」

「う……」

「アタシだって、絶対言っちゃダメだって思ってたけど……でも、お姉ちゃんがあんな、同性のアタシでも文句なしに可愛いって思うような人と一緒にいるのを見て、バカみたいに、泣いちゃって……」

そう自嘲するように笑う桜。

そんな桜に、わたしは何も返せない。

「でも、お姉ちゃんの彼女がもう一人いるって分かって……どう受け止めていいか分からなくて……でも、このままにしちゃ駄目だって思ったの。だって、ふ、二股だよ!? お姉ちゃんが色々だらしないところあるっていうのは知ってたけど、そんな、複数の人とお付き合いするなんて、絶対ダメじゃん!!」

ち、力強い……!

しかも、桜の言っていることは紛れもなく正論で、ぐうの音も出ない。

「だから……だったら、お姉ちゃんはアタシと付き合えばいいと思うの……!!」

「あ、え……」

な、なんで!? とは、さすがに口にできなかった。

でも、桜の目は真剣で、本当にそれが二股を解決する唯一の方法だと信じているみたいで……

　で、でも……！

「桜……わたし達は……」

「お姉ちゃん、桜ちゃん」

「「っ!!」」

　いつの間にか、露天風呂の入り口に葵が立っていた。

「あ、葵。遅かったじゃない」

「内湯に浸かって一人反省会してた。それに、桜ちゃんが譲ってくれた分、葵も譲らなきゃって」

　一人反省会って、さっきのことについて……？

「ていうか、なんだか空気重くない？……もしかして桜ちゃん、言ったの？」

「うっ……！」

「はぁ、桜ちゃん……」

「だ、だってぇ……！」

　葵がじとっと半目で睨み付けて、桜がしかられた子どもみたいに涙目になる。

　なんかパワーバランス逆転してるような……？

　ていうか、「言ったの？」って、どういう——

「お姉ちゃん、他のお客さん増えてきたし一旦上がろうよ。桜ちゃんも……ちょっとのぼせ気味だと思うし」

「の、のぼせてないし……」

「はいはい。のぼせる直前って感じだねー。ほら、お姉ちゃん。桜ちゃん支えてあげて」

「だ、大丈夫よ！　自分で歩けるからっ！」

桜は勢いよく立ち上がって、なんか色々誤魔化す感じで露天から出て行く……いや、入る、だろうか？

「ほら、お姉ちゃんも行こっ」

「あ、う、うん……ええと、葵は露天風呂入らなくていいの？」

「んー……またどっかで入るから今はいいやっ」

葵の笑顔は前までと同じで明るくて、眩しくて……でも――

――もしかして桜ちゃん、言ったの？

さっきのあの言葉、たぶん桜の告白のことだよね……？

葵は桜のわたしへの気持ちを知ってた……？

ううん……もしかしたら……

「どうしたの、お姉ちゃん？」

「あ、えと……」

「あ、そーだ」

葵はとてとてとわたしに寄ってきて、耳元に口を寄せて――

「葵も、お姉ちゃんのこと大好きだよ」

と、蠱惑的に囁くとともに……ちゅっと、わたしの頬にキスをした。

「え……えっ!?」

「えへへ」

照れくさそうに、顔を真っ赤にして笑う葵。

その大好きはやっぱり、桜と同じ『大好き』で……

わたしは、実の妹二人に、ガチ告白をされてしまった!!

閑話 「桜と葵の○○大作戦」

それは、四葉の二股が露見した日のこと。

「どうしよう、葵!?」

「どうしよう、桜ちゃん!?」

桜と葵は部屋に戻るなり、共に慌てた顔を向け合った。

「ま、まさかお姉ちゃんが、ふ、ふた、ふたまた……」

「おおお、落ち着いて桜ちゃん!!」

「落ち着いてなんていられないわよ!? 葵だって全然落ち着いてないじゃない!」

「あ、葵は末っ子だからいいんだもん!!」

などと、お互い勢い任せにぶつけ合う。

四葉の妹らしく、焦りや緊張に弱いという姉と似た特徴を持つ二人だが、こうまであからさまにパニックになっているのは、それだけが理由ではない。

言葉を選ばなければ、この二人は『四葉ガチ恋勢』なのだ。

もちろん、四葉は二人にとって血の繋(つな)がった実の姉。

血縁関係にして女性同士という両面から、法律上結婚は許されないし、前者に至っては誰かに知られること自体アウト……ということは、二人とも十分理解している。

桜の、葵の、それぞれの恋心を知っているのは、それこそ彼女らだけだ。

四葉が高校へ進むと同時に、間家では大きなレイアウト変更が行われ、これまで三姉妹で一部屋だったのが、四葉が一人部屋、桜と葵が相部屋という形に変更された。

突然愛する姉から離された両名は、『お姉ちゃん欠乏症（二人による造語）』を発症。

夜中に四葉がいないことへの不安から、こっそり夜這(よば)い——ならぬ、部屋に忍び込んで添い寝という暴挙に二人同時に乗り出し、まさかというか当然というかのバッティング！

深夜にもかかわらず、小一時間自室で互いに睨み合い……やがて、どちらからともなく四葉への想(おも)いをカミングアウトすることとなった。

以来、桜と葵は誰にも言えない秘密を共有する者同士——ライバルでありながら同志として、絆(きずな)を深めていくこととなる……その結果、四葉が「あの二人仲良いなぁ」などとほんのりとした寂しさを感じるようになるのだが、二人には知るよしも無いことであった
……

そういうわけで、どこに出しても恥ずかしくないシスコンである桜と葵にとって、姉が『美少女相手に二股している』という事実は、それこそ人生で一番といっても過言ではないダメージを生み出していた。

「お姉ちゃんが彼女とデートしてたって事実も、頑張って飲み込んだのにぃ……！」

桜にとってここ数日の出来事はまさに最悪と言えるものだっただろう。

彼女にとって永長高校への受験は、たった一年とはいえ姉と同じ高校に通うために乗り越えなければならない高い壁だ。

そのためには一日も、一回の模試も無駄にはできない。

桜に降りかかるプレッシャーは並のものではなく、その日——四葉二股バレ日の二日前も、翌日に控える模試への緊張を紛らわすために、気分転換と参考書購入を兼ねて駅前の書店に行き——あろうことか、四葉と百瀬由那の仲睦まじいデート姿を目撃してしまったのだ！

(おおお、お姉ちゃんが！　見てる周りが胃もたれするくらいのラブラブデートしてる⁉)

想像もしていなかった現実に、桜は涙を堪えながら買う予定だった参考書も買わずに帰宅。

心配する葵に何も答えず、晩ご飯まで布団に籠もって……四葉と顔を合わせるのも最小限に努め、なんとか忘れよう、忘れられずとも受け入れよう、と自分に言い聞かせつつ挑んだ模試には、それはもう集中できる筈もなく……桜は結果についての考えは一旦気にしないよう努めるしかなかった。

「葵だって……葵だってぇ……！」

葵は無自覚ながら、四葉にとっての理想を体現するような生き方をしてきた。

学校の成績は平均程度だが、明るく元気で友達も多く、いつだってクラスの中心に位置している。

三つ年が離れているせいで、中学も高校も四葉と一緒に通える時期は存在しないが、葵が学校でのことや友達の話をするたびに、四葉は目を輝かせ、めいっぱい葵を褒めてくれた。

元々根明で間三姉妹の中では対人能力もずば抜けて突出している葵だが、姉が大好きな自分でいるために、能動的な努力を続けてきたのも確かだ。

その日――四葉二股バレ日の前日も、葵はクラスの仲の良い男女数人で遊びに出掛けていた。

葵自身、こうして友達と遊ぶのはそれなりに好きだ。最近、思春期の影響か男女関係に色めき立ち始めた男子連中から視線を向けられることが増えたのは億劫だと思いつつ。

その日はファミレスで談笑するだけの中学生らしいリーズナブルな内容で、それはそれでまぁ、葵にとってもそこそこに満足感のあるものだったのだが――

(お、お姉ちゃんが周りも気にせずいちゃいちゃデートしてるぅぅっ!?)

窓越しに偶然、合羽凜花と手を繋いで歩く四葉を見つけたことで状況が一変した!

窓ガラスにベッタリ張り付き、二人の動向を血眼で睨み付ける葵。そんな葵に友人達も「あ、葵ちゃん?」「どうしたんだよ、間?」と心配そうに声を掛ける。

すぐに大丈夫と誤魔化した葵だが、そこから先どんな会話をしたかは覚えていない。


――もしも妹じゃなかったら。

桜も葵も、何度もそんなことを考えてきた。

四葉の良いところも、悪いところも、誰よりも知っている自負がある。

落ち込んでいる時はいつもそばで励ましてくれ、喜んでいる時は一緒に盛り上がってくれた。逆も然りだ。

恋という概念を知った時にはもう、その席には四葉がすっぽり収まっていた。

それが異常なことだと自覚しながらも、決して成就しないと分かっていても、消し去ることはできない。

桜はあえて冷たい態度を取って、無理やり姉離れをしようとした。嫌われるのはつらいけれど、それが自分のためだと何度も言い聞かせて。

しかし、桜が突き放しても、なぜか四葉はぐいぐいと迫ってくる。

そんな四葉に桜もつい甘えたくなってしまって……もうほとんど、ただのチョロいツンデレになってしまっているのだけれど。

葵も何度か、四葉以上の存在——つまりは『恋人』を作ろうかと悩んだこともある。

友人も多く、その延長で告白されることは何度もあった。

そのたび悩み、しかし、すぐに「有り得ない」と首を振る。

彼女の中で姉の存在は大きすぎる。年甲斐(としがい)がないと言われたとしても気にならないくらい、能動的に甘えきってしまうほどに。

しかし、そんな二人の気持ちを置いてけぼりに四葉は恋人を作ってしまった。

異性の恋人を作られるより忌避感は薄いが、それにしてもショックは当然受ける。

ショックを受けるが……だからといって、何ができるわけでもない。

二人はどうしたって四葉の妹で、四葉は二人の姉。

その現実はあまりに高く、堅く……それを誰よりも理解しているからこそ、二人は認めようとした。四葉に彼女ができたという現実を。

自分達勝手な話だと思いつつも、憂さ晴らしも兼ねて存分にいじって、八つ当たりしして
——そして、最後は祝福しよう。

それが妹としてできる唯一のことだから……と。

しかし――

「さすがに二股なんて予想できるわけないわよ！」

「たしかに、葵も桜ちゃんも、お互いどんな人と一緒にいたかってすり合わせてなかったもんね……!?」

祝福する気持ちなど遥か彼方に飛んでいき、二人は想像もしていなかった本当の現実を前にただただ狼狽するしかなかった。

「事実なのよね……？　結局お姉ちゃんも認めてたし」

「でも、あのお姉ちゃんだよ？　二股なんて器用な真似絶対無理だよ！　一瞬でバレちゃうよ!!」

まさかこれ以上のとんでもない事実――『公認二股』など気がつける筈もなく、二人はもっと分かりやすく、四葉らしい結論に辿り着いてしまう。

「お姉ちゃん……騙されてるんじゃないの……？」

「はっ……!?」

桜の閃きに、葵が息を飲む。

そう……二人の美女を騙すより、二人の美女に騙されている方が四葉っぽい!!

「ありえるよ、桜ちゃん……というかもうそうとしか考えられないよ！　お姉ちゃんちょっとバカだもん！」

「そうよね……しっくりきすぎて、ちょっと悲しくなるくらい」

「ちょっと甘い言葉を囁（ささや）かれて、コロッと騙されちゃったとか……!!」

　二人とも、決して四葉をバカにしているわけではない。バカと言ってはいるが、あくまで客観的事実による正当な評価だ。

「相手の人、悪そうな人には見えなかったけど、垢抜（あかぬ）けた感じっていうか……少なくともお姉ちゃんに騙されそうな人には見えなかったわ」

「葵も同じ。むしろ向こうがリードしてるってほうがしっくりきたし……」

　四葉と聖域の二人の、客観的に見た際のスペックの差が、桜と葵の考えの信憑性（しんぴょうせい）を高める。

「絶対そうよね……」

「うん、間違いない。お姉ちゃんに二股なんて、そもそも不可能だよ」

「でも、なんでわざわざ二股なんてさせるのかしら」

「分かんないけど……あっ、もしかしたらこのまま少し泳がせて、ある日突然お姉ちゃんが浮気したって訴えるつもりなのかも！」

「訴える!?」

「なんかの法に触れるかは分かんないけど、浮気は浮気だし……」

「で、でも、そんなことになったらお姉ちゃん、すごく傷ついて、もう立ち直れなくなっちゃうかも……」

　二人の脳裏に、人間不信になって不登校、引きこもりになった四葉の姿が浮かぶ。死んだ目をして、髪をぼさぼさにして、だぼだぼのスウェットを着て……ほんのちょぴっと似合いそうだと思ってしまうけれど――

「……そんなの、だめよ。お姉ちゃん、せっかく高校入ってから楽しそうに学校行ってたのに……!!」

「桜ちゃん……」

「アタシ達が助けよう。お姉ちゃんのこと」

　桜の目に確固たる強い意志が灯(とも)る。

「で、でも、どうするの……？　相手の人に、何か復讐(ふくしゅう)するとか……？」

「ううん、そんなことしたらきっとお姉ちゃんはアタシ達に反感を覚えると思う。だってお姉ちゃんにとっては恋人なんだし」

「そっか……そうだよね」

「うん……」

　桜も言ってみたはいいものの、解決策が浮かんでいるわけではなかった。

　ただ、姉を助けたい一心で、二人は必死に自分達のできることを考えて……結局答えが出ないまま、時間ばかりが過ぎていった。

目下のところ、とりあえずの策として、二人は四葉に冷たくすることにした。

お姉ちゃん成分を断つのは二人にとっても苦渋の決断ではあったが、「二股は許さない」という確固たる意志を見せなければ、姉を甘やかしてしまうと判断したからだ。

それこそ、二人も四葉に好かれている自覚はあった。

二人が冷たい態度を見せれば四葉も落ち込んで、二股が悪いことなんだと気が付いて、自ら関係の解消に動くかもしれない。

そうなれば文句なしにハッピーエンドだ。姉妹仲も改善し、元通りの平穏が訪れる。

……しかし、そんな二人の期待に反し、なぜか四葉も、二人によそよそしい態度を見せるようになった。

それこそ「二人がわたしを嫌うなら、わたしも少し距離を置いた方がいいよね……」と言わんばかりに。

これは二人からすれば完全に予想外の展開だった。

「ど、どうしよう桜ちゃん!?　あ、謝った方がいいかな……」

「う……っ！　だ、駄目よ！　そんなことしたら、負けを——二股を認めることになる！」

「でも、このままお姉ちゃんとどんどん溝が広がったら……」

「うう……」

四葉も追い込まれているとはつゆ知らず、桜達は頭を抱え込む。

全てを水に流して、仲の良い姉妹に戻ることはやろうと思えばできるかもしれない。

しかし、それでは四葉は守れない。

「もうすぐ、家族旅行なのに……このままじゃお父さん達も心配するわよね……」

「家族旅行……あ、そうだっ！」

「葵、なにか閃いたの!?」

「うんっ！」

葵はぱあっと表情を明るくし、自分の考えを頭の中で反芻させつつ何度か頷く。

「今度行く家族旅行、当然家族だけでしょ？　彼女さん達がついてくるわけないもんね」

「ええ、そうね」

「だから……そこでお姉ちゃんを堕とすの！」

「お、堕とす!?」

「お姉ちゃんが二股してるのは、きっと寂しいからだよ。ほら、承認欲求っていうのを刺激されちゃった、みたいな。だから他で上書きすれば、わざわざ二股なんてする必要ないでしょ？」

「確かにそうかも……？」

「お姉ちゃんの欲求を恋人じゃなく……もしも葵達で満たせれば、お姉ちゃんも嬉しいし、葵達だって嬉しい！　ウィンウィンでしょ！」

「アタシ達で満たす……つまり、アタシ達がお姉ちゃんの恋人に……!?」

　葵の計画を理解し、桜は顔を真っ赤にする。

「葵達は妹だもん！　姉が妹を愛でるのに二股も何もないでしょ？」

「そ、そうね……！　でも、妹相手にお姉ちゃんがその気になってくれるかしら……」

「分かんないけど……二股なんてするくらい倫理感バグってるなら姉妹でも好きになってくれる気がします！」

「ちょっと辛辣かもだけど一理あるわね……!!」

　姉と特別な関係になれる可能性がある、というだけで普段の何割増しにもポジティブな思考になる二人。

「それなら、直前まで冷たい感じはキープしたほうがいいかしら」

「そうだね……冷たいところから一気に熱く攻めれば、きっとお姉ちゃん、ギャップでメロメロになってくれるよ！」

「お姉ちゃんが、アタシ達にメロメロに……！　えへ、へへへ……♪」

「桜ちゃん、顔だらしなーい」

「葵だってすっごいにやけてるわよ？」

「えーっ♪　そお？」

「そうよ。ふふっ♪」

　幸せな、起こるはずのなかった未来を夢見て、二人はニヤニヤ幸せそうに笑う。

「温泉旅行ではその時の様子を見て、仕掛けるタイミングを決めましょ」

「うん。お父さん達もいるもんね……なんとか、お姉ちゃんと三人だけになれるタイミングがあれば……！」

　まさか既に四葉が先回りで三人部屋になる段取りをつけてるとはつゆ知らず、二人はそのエックスデーに向けて、今できる限りの作戦を練り始める。

「題して……お姉ちゃんＮＴＲ大作戦！　がんばるぞぉ、おー！」

「お、おー！」

　ねとり、という言葉には馴染みなくとも、とりあえず葵に倣う桜。

　そんなこんなで、密かに始まっていた四葉ＮＴＲ大作戦。

　それは……桜にとっても葵にとっても、そして四葉にとっても予想だにしない結末へと繋がっていく。

「えへへ、お姉ちゃん」

「ちょっと葵、くっつきすぎ！」

「そんなの桜ちゃんだってそうじゃん！」

温泉から上がって、体を拭いて、浴衣に着替えて、部屋に戻ってきて……

毎回恒例だった牛乳を飲むのも忘れるほどに呆然(ぼうぜん)とするわたしに対し、がっつり両サイドから腕を絡めてくる妹達は、なんかもう色々吹っ切れたみたいに幸せそうな顔を浮かべていた。

「あ、あの……桜、葵？　あんまりくっついてると、暑くて汗かいちゃうよ？」

「えへ、そうだね。汗かいちゃうかもっ！」

「せ、せっかく温泉入ったのに……」

「そしたら……また入ればいいんじゃない？」

二人はいっさい怯(ひる)むこと無く、打ち返してくる。

そして全く離れる気がないっぽい！

（ど、どうしよう……）

わたしの心境は本当に、ほんと〜っに複雑だ！

だって、妹達から告白されちゃったんだよ!?

しかも桜とはキスまでしちゃったんだよ!?

わたし達は家族で、それは絶対に超えちゃいけない一線で……なのに、わたしはあまり悪い気がしていない。

だって、告白されたってことは……嫌われてたわけじゃないってことだもんね……？

「あ、あのさ……二人とも」

「なに？」

「怒るって……お姉ちゃんがやってる二股のこと？」

「その……わたしのこと、怒ってないの？」

「う、うん」

桜の声がすこし鋭くなって、わたしはびくっとしてしまう。

桜はわたしの腕をぎゅっと抱いたまま、真剣な顔で考え込んで——

「ねぇねぇ、お姉ちゃんはさ、なんで二股なんてしてるの？」

そんな桜が何か言う前に、葵が割り込んできた。

「え、なんでって……その……二人とも、好き、だから……」

　そう口にしながら、段々と尻すぼみになってしまう。

　わたしに好きだって言ってくれた二人を前に、別の人を好きって言うのがすごく悪いことに思えてしまったからだ。

「ふーん……」

「そうなんだー」

　当然二人のリアクションも、どこか冷めた感じだ。

　でも、他に言い方無いし……

「告白は？」

「お姉ちゃんからしたの？」

「え……と、向こうから……」

「ふぅ～ん……」

「そっかそっか！」

　今度はなんだか嬉しそう。

　二人のことならなんでも分かると思ってた以前のわたしと違い、もう二人が何を考えているのか全然分からなくて、わたしはただされるがままになっているしかない。

「つまり、お姉ちゃんは好きって言われたから付き合ったってことよね」

「う、うん」

「それまではどうだったの？　お友達だったんだよねー」

「そう、だね。二人はわたしにとって、本当に、わたしには勿体ないくらいの友達で……」

わたしは、由那ちゃんと凜花さんについて話し始める。

あまりの緊張で何か喋って紛らわしたかったっていうのもあるし、元々今日は妹達にあの二人のことを知ってもらいたくて、どう話そうか考えてたってのもあって、わたしにしてはスラスラと話せたと思う。

「って感じでね………あ」

「「………」」

ふ、ふたりの表情が無だ……

喜怒哀楽の全部が抜け落ちた、完全な無だ!?

「よぉ～く分かったわ」

「そ、そう？　良かっ――」

「うん、お姉ちゃんがその人達のこと大好きだってことがね～」

二人の声は、感情が全然読めないくらい平坦で、ちょっと怖かった。

でも、思うところはあったのか、二人とも何かに堪えるみたいに、わたしの腕を抱く力を強くする。

「……でも、向こうはどうなのかしら」

「えっ」

「すごい人達なんでしょ。その……聖域なんて呼ばれちゃって、学校中から一目置かれて、ファンクラブまでできちゃって」

「う、うん」

「そんな人達が、どうしてお姉ちゃんのこと好きになるの？」

ガツーン！　と、頭を殴られたような感覚が走った。

そりゃ誰でも思いそうな指摘だけれど、妹からぶつけられるのはそれはそれでとんでもない破壊力を持っていた。

「あ、えっと、違うわよ？　アタシ達はお姉ちゃんのこと、世界で一番素敵な人だと思ってるけど」

「でも、それはあくまで葵達にとってで、えっと……世間一般の基準に当てはめるとちょっと違うかもっていう感じ？」

「そ、そうですね……」

ぐうの音も出ないというのはこのことか！

そして以前までだったら、世界で一番素敵な人って言われたら素直に喜べていたけれど、告白を受けた後だと、どう受け止めれば良いのかまだ分からない。

「お姉ちゃんが好きって言う人のこと、葵達だって悪く言いたくなんかないけど……」

「遊ばれてるんじゃないかって思わずにはいられないのよ」

「あ、あそ……!?」

遊ばれてるなんて、そんな!!

妹達の言い方はあまりに酷くて、普段のわたしなら妹相手でも怒ってたかもしれない。

でも、二人の声には嫉妬とは別にわたしを心配してくれている感じもあって……というか、むしろそっちが本題っぽい感じまであって、怒るに怒れない。

でも……そっか。

二股してるってなると、ただわたしが悪くて、由那ちゃんと凜花さんは被害者って見られると思っていたけれど、逆に二人がわたしを騙して転がして遊んでるって見られる場合もあるのか……

「アタシ、お姉ちゃんが傷つくのなんて見たくない。お姉ちゃんはいつも笑顔で、優しくて、アタシ達のこと一番に考えてくれて……だから、絶対に幸せになって欲しいの!」

「桜……」

「葵もそうだよ。もしもお姉ちゃんが一人じゃ満足できないくらい愛に飢えてるなら……葵達がお姉ちゃんを愛してあげる! 骨がどろどろになって溶けちゃうくらい! お姉ちゃんが寂しいとか、つらいとか、そんなこと考えなくていいくらい……」

「あ、葵……」

二人の言葉に、わたしは感情を揺さぶられるのを感じた。

二人とも本当にわたしのことを想ってくれているって分かって……でも、この感情をなんて表現すればいいのか分からない。

これほど真っ直ぐにわたしのことを想ってくれる……姉として嬉しくないわけがない。

でも、その気持ちには応えられない。

だってわたしはお姉ちゃんなのだ。血の繋がった家族なのだ。

それ以外の存在には、どうしたってなれない。

「二人の気持ちは、嬉しいけど……」

「けどは、いらないんですけど」

むっと、葵が頬を膨らませる。

「お姉ちゃんは受け入れてくれるだけでいいんだよ？　葵達と、姉妹を超えた関係になるの。そしたら、毎日一緒にまったり過ごして、一緒にお風呂入って、一緒のベッドで寝て……お姉ちゃんは、イヤ？」

「い、イヤじゃない……けど……」

そのどれも、わたしは大好きで、間違いなく幸せになれると思う。

でも、桜と葵の気持ちとは違う。その違いは致命的で……今そこに目を瞑っても、いずれきっと桜と葵を傷つけてしまう。

『……でも、そういう関係になってから、気持ちが動くことだってあるかも』

頭の隅にそんな邪念が過った。

『桜も葵も、姉妹って関係はイヤなのかもしれない……拘ってるのはわたしだけ……間違ってるのはわたしなのかもしれない……』

そう、なのかな……？

そもそも誰にも言えない関係なのは、二股だって同じだ。

既に一個ルールを破っているんだから、今更それが一つ増えたって同じかもしれない。

そういう意味では、わたしがおかしいんだろうか。

二人を見ると、二人もわたしを見つめ返してくる。小動物みたいな、あどけない表情で。

『このまま、二人を抱きしめて、わたしだけのものに……』

そうだ、たったそれだけで、わたしは妹達の心を完全に自分のものにできる――

『駄目よ、四葉！』

はっ、わたしの中の天使!!

『そしてそこでこっそり誘惑している悪魔！』

悪魔も!?

『ちっ、バレたか……！』

さっきまでの邪念は悪魔の仕業だったのか……！

たしかに、普段の思考と違う違和感があったもんな……（）じゃなくて『』みたいな……!!

『いい、四葉？　姑息な囁きなんかに耳を貸しちゃ駄目よ』

『へっ、偉そうに言いやがって』

『天使は囁かない……正義とは常に堂々としているものだわ！』

　か、カッコイイ……！

『カッケェ……』

（珍しく）悪魔も圧されてる!!

『まぁ、オレ達が出てきてる時点で四葉も揺れてるって証なんだけどな』

『それは否定できないわね。けれど、安心して。必ずアタシが四葉に正しい道を示してみせるから』

『ちなみに、オレも天使も四葉の思考の一部だから、これはただの茶番劇なんだぜ』

『あと、このやりとりは現実では1秒にも満たない超スピードで展開されているから、それも安心ね』

　急にメタ的な説明！！！！！！！

『まぁ、結局最後はオレが勝つんだけどな。由那の時も凛花の時もそうだったように』

『ぐ……！　確かにアタシは負けっぱなしかもしれないけれど……勝ち目が薄いからって、

逃げるわけにはいかない!!』

名言出た！！！！！！！　最近マンガで読んだヤツ！

『コホンっ……とにかく四葉。天使的には二人の誘惑は撥ね除けるべきと言わざるを得ないわね』

やっぱり、わたしの中の天使はそう言うよね……

『当然よ。だって世間一般からして、血の繋がった姉妹の恋愛なんて絶対に認められないもの』

『出たよ、世間一般』

『ええ、当然そこは重要になってくるわ。四葉のためじゃない、桜と葵にとってね』

……その通りだ。

『四葉と二人が恋人になったとして、二人を幸せにできると思う？　どう転んだって誰からも祝福されない関係よ。由那と凜花さえ味方になってくれないかもしれない。そんな関係を、不幸になると分かっていて妹達に押しつけられるの？』

『……押しつけるとかじゃねぇだろ。妹達が望んでるんだ』

『ただ受け入れるだけが優しさだと思うのは傲慢よ！』

『じゃあ、お前は妹達に失恋の痛みを負わせようっていうのか！　そして四葉だけは幸せに二股ライフを続けるって!?　こいつは、そんなことできるほど器用じゃねぇだろ……！』

『う……それは……』

『凛花と付き合う時、こいつは誓ったはずだ。クズと言われようと、大事な人達を幸せにするって。由那と凛花を傷つけてしまう可能性を理解した上で、二股を選んだんじゃねぇか！　どうして桜と葵には、その優しさを、甘さを……勇気を向けてやれねぇってんだ!!』

悪魔が主張するのは理屈度外視の感情論。

わたしは、この感情に従って由那ちゃんと凛花さんに二股して……結果的に、三人の関係は上手くいった。

あるのだろうか。桜と、葵と恋人になって、幸せになれる未来が。

『でも、二人と付き合えば四股だわ！』

『いいじゃねぇか！　今更一人二人増えようが、クズであることに変わりはねぇ！』

『開き直ってんじゃないわよ！』

『こちとら二股の時点でもう開き直ってんだよ!!』

売り言葉に買い言葉で喧嘩する天使と悪魔。

理性に従って、妹達を振り、家族である道を選ぶか……けれど、もう前までみたいな仲の良い姉妹には戻れなくなるかもしれない。

勢いに従って、妹達と恋人になる道を選ぶか……けれど、血の繋がった家族同士で、しかもわたしは四股することになって、その道は文字通り茨の道だ。わたしだけでなく、わたしに関わるみんなにとっても。

『四葉、考えるべきはお前がどうしたいか……いや、どうなりたいかだ』

わたしがどうなりたいか……？

『そもそもお前は今日、由那と凜花との二股を認めてもらうための準備をしてきたんだろ。でもよ、妹達の本当の気持ちを知った今、お前だけが理解されたいってのは虫が良すぎるだろ』

『アンタ……桜と葵に、恋人になってあげるから由那と凜花のことも認めるよう要求しろって言うわけ？』

『なんでも思い通りに、計画したままにいくわけじゃねぇ。その場その場の状況に合わせて、アドリブを利かせて……その時に取れる最善を選んでいくしかねぇんだ。今この状況で、お互いの希望を叶えるには……それ以外になにか方法があるっていうのかよ』

『う……』

天使が口ごもる。そして、わたしも。

そうだ。悪魔の囁くとおり、一瞬でも丸く収めるためには、それしか――

（でも……）

本当にこれが、正解なのかな。

わたしがなりたい姉妹って、これでいいのかな……

あの日願った、『お姉ちゃん』は——

——ぐうぅ。


「あっ」

「えっ？」

「お姉ちゃん？」

突然鳴った、地鳴りのような音……それはわたしのお腹（なか）から漏れ出たもので。

「……お腹、減っちゃった」

わたしは恥ずかしさと気まずさに顔を熱くしながら、おずおずと自白する。

「そういえば、そろそろ晩ご飯の時間よね」

「葵もお腹減っちゃったかも～」

妹達は変に気遣うわけでもなく、自然な感じで同意してくれる。

「じゃあ、話の続きは晩ご飯の後で、ね。お姉ちゃん」

「う、うん」

逃がさないぞ、という意志の籠もった目で訴えてくる桜。

葵も同じく、こくこくと頷（うなず）いている。

対するわたしは、やっぱり悪魔の言うように二人の想いを受け入れるのが一番なのかなと思いつつも、まだ答えを出せていなくて……力なく頷くほか無かった。

家族揃ってのご飯。

普段家でも、揃えばみんなで食べているけれど、温泉宿に来て食べるのはなんか特別感があって好きだ。

それに、外で食べるなら献立考えたり、実際に料理したり、後片付けしたりって必要が無いし！

その上で普段よりも手の込んだ料理が堪能できるわけだし！

豪華な懐石料理を前に、空腹もあってわたしはただただ感激せずにいられない。

「ん〜♪　やっぱり美味しい〜！」

「ははっ、四葉のこの顔を見れただけでも来た甲斐があったな」

わたしのリアクションを見てお父さんが楽しげに笑う。

このやりとりもある種の恒例行事だ。実際、間家の食卓に並ぶ料理の殆どはわたしが作ってて、それだけやってれば今更自分の料理に感激したりもしないもんなぁ。

「桜と葵も、美味しい？」

「うん」

「美味しい～♪」

お母さんからの問いかけに桜が頷き、葵がわたしの真似をする。

ここにあるのは、今までどおりの家族の姿だ。すごく落ち着く、最高の形。

「二人とも、ちょっと前までは苦手そうにしてたのに、随分大人になったな」

「そうかな……でも、お姉ちゃんの料理の方が好きかも」

「葵も。舌が慣れてるっていうのかな？」

「ちょ、ちょっと……二人とも、それは旅館の人に失礼だよ」

とてもわたしの素人料理が競り合えるものじゃないんですけど!?

でも、二人はともかくお父さんとお母さんも、なんかにやにや笑ってる!?

「そうだな。俺達は四葉の料理に生かされてるわけだし」

「本当に助かってるのよ。家計のことも考えてくれるし、自慢の娘ね！」

「……なんか企んでない？」

「「企んでない企んでない」」

二人ともちょっとお酒が入っていて、明らかに上機嫌だ。

せっかくのお休みでもあるし、温泉でリラックスできたっていうのもあるんだろうけど、だからって長女をイジって遊ばなくてもいいのに。まぁ……嬉しいけどさ。

「にしても……あんた達、仲直りできたみたいね？」

「えっ」

お母さんが頰杖をつきながら、わたし達三姉妹を眺める。

予め指摘されていたとはいえ、ついドキリとするわたし……それに桜と葵も。

「なんだ、喧嘩でもしてたのか？」

「あなた気が付いてなかったの？」

「いやぁ……面目ない。でも、まさかうちの娘達が喧嘩するなんて夢にも思わないだろ？」

お父さんは気まずそうに頭を掻きつつ、そんな言い訳をする。

「だって、親の俺達が入り込む余地のないくらい、仲良しだったんだからさ」

「まぁ、そうね。昔から何かあったらすぐ『お姉ちゃんお姉ちゃん』って。あたし達より
も四葉のこと信頼してたし」

「ちょ、そ、そんなことなくない？」

「あるある。桜だって、葵とよくお姉ちゃん取り合ってたじゃない。覚えてるでしょ？」

「う……覚えてるけど……」

桜はもじもじしつつ、横目でわたしの顔を伺ってくる。

でも、こればっかりはわたしも覚えてる。

今でこそそういうのは減ったけど、それこそ二人がまだ幼稚園に通ってた頃とかは、右

から桜が「絵本読んで」とねだってきたら、左から葵が「おままごとやろ」って誘ってくる、みたいなのが当たり前だった。

「葵も、桜だってお姉ちゃんになるのに、全然お姉ちゃんって呼んであげないし」

「だって桜ちゃんはお姉ちゃんって感じじゃないもん。葵に全然お姉ちゃん譲ってくれなかったし」

「む、昔の話でしょ」

「そうかなー。桜ちゃん今でも子どもっぽいからなー」

「うぐ……！」

わたしにとってはちょっとあざといくらい可愛い妹な葵だけれど、桜から見たらちょっと生意気ってなるんだろうか。

まぁ、桜は大人しめな子だったし、根明な葵と一緒にいればそんなパワーバランスになりそうだけど。

「桜ちゃんは家族だけど、お姉ちゃんってより親友って感じかも？」

「まぁ、アタシ的にも似た感じかもね」

「あとはぁ……お姉ちゃんを巡るライバルっ！」

「っ!?」

葵はそう言って、ぎゅっとわたしの腕に抱きついてくる。

さっきの、温泉での告白があったからついぎょっとしてしまうわたしだけれど、お父さんもお母さんも、いつものスキンシップだと思ってるのか、特に気にした様子でもなく普通に微笑んでいる。

「葵は小さい頃からずっと、お姉ちゃんと結婚するって言ってたもんなぁ。お父さんには言ってくれないのに」

「えへへ」

「言ってくれたのは四葉だけか……桜もずっと、お姉ちゃんだったもんな？」

「む、昔の話だから！」

また標的にされて顔を真っ赤にする桜。でも——

「……昔の話、だけじゃないけど」

そう、わたしにしか聞こえない声量で呟くから、ズルい。

「そうだ。せっかくだから今の娘達を撮っておこうかな。ほら、三人とも寄ってくれ」

「え？」

「はーいっ！」

「しょ、しょうがないわね……！」

お父さんの要求に、二人はすぐに対応する。

桜も葵も、わたしの腕にぎゅっと抱きついて……なんだかドキドキしてしまう。

それこそ、お父さんもお母さんも、過剰なスキンシップって思うんじゃないかって……

「お、サービス旺盛だな」

「て、ていうかお父さん。写真なんて撮ってどうするの……？」

「娘達の成長の記録と……あと、スマホの壁紙にして、残業を頑張る力に変える作戦だ」

「あ、それナイスアイディア。あなた、後で私にも送っておいて」

「葵も欲しい！」

「じゃ、じゃあ、アタシも……」

「オーケー。それじゃあ後で家族のチャットに貼っておくな。それじゃ、みんなカメラ見てー……はい、チーズ」

パシャッと軽快なシャッター音が、お父さんのスマホから響く。

それからすぐ、わたし達のスマホが震えて……みんなが入っているチャットに、今撮った写真が貼られていた。

「忘れる前にな。どうだ、良い写真だろ？」

「あら、本当」

お父さんが自慢げに言い、お母さんが感心したように頷く。

わたしも開いてみて……なんだかすごく、わたし達らしいって思えた。

撮られるのに慣れている葵は文句なしに完璧な笑顔を浮かべていて、桜も口では渋々って感じだったけれど実際には楽しそうに笑っている。

そんな二人に挟まれたわたしは、自分ではちゃんと笑顔を作ったつもりだったんだけれど、なんかちょっと困ったように見えなくもないというか……なんかぎこちない笑顔で、我ながら間抜けだ。

「あ、お姉ちゃんかわいー」

「え、そ、そう？」

「うんっ。ね、桜ちゃん」

「そうね……お姉ちゃんらしい」

二人は両サイドからわたしのスマホを覗き込んで、くすくす笑う。

褒められてる感じはしないけど、悪い感じもない。

ちょっとした仕草や距離や、一瞬だけ手が触れ合ったり……そんな些細なことで、桜と葵が、わたしのことを好きでいてくれてるって分かる。

でも、新鮮さはなくて……やっぱり、わたしが気が付いていなかっただけなんだ。

わたしが、仲の良い姉妹のつもりでいた時から、ずっと二人は――

「そうだ、四葉、桜、葵」

「なぁに、お母さん？」

「私、このあとまた温泉に行こうと思うんだけど、三人はどうする？」

「えっと……」

「どうしよっか、お姉ちゃん？」

　桜と葵がおずおずとわたしを見てくるのは、きっと返事を待っているからだ。

　わたしは二人の想いに、答えなくちゃいけない。そしてその答えは……今、お父さんが撮ってくれた写真が、そこに写ったわたし達が教えてくれた。

「……わたし、いいや。お腹いっぱいだし、部屋でゆっくりしてるよ。お風呂は明日の朝、一緒に入ろ」

「あら、そう。桜と葵はどうする？」

「あ……じゃあ、アタシもお姉ちゃんと一緒にいようかな……」

「あ、葵も」

「そう。それじゃあ明日の楽しみにとっておくわ」

　二人もわたしの意図を察して、そう言ってくれる。

（ありがとう。お父さん、お母さん）

　そんな二人に改めて感謝を抱いたのは、わたし達姉妹のちょっと意味深なやりとりを見つつも指摘せず流してくれたからってだけじゃなくて……わたしにとって、すごく大事なことを思い出させてくれたから。

（だから……大丈夫）

もしかしたら明日の朝も、一緒にお風呂に入りながら迷惑を掛けちゃうかもしれないけれど……でも、わたしの答えも、覚悟も、ちゃんとできたから。

「それじゃ、行こっか。桜、葵」

わたしは立ち上がって、二人に手を差し伸べつつ声を掛ける。

一瞬きょとんとした二人だけれど、慌てて立ち上がると、おずおずわたしの手を握ってくれた。

「それじゃあお父さん、お母さん。また明日……かな？」

「ああ、おやすみ」

「おやすみなさい」

家族それぞれに挨拶を交わし合い、わたしは宴会場を後にした。

ぎゅっと妹達の手を握りながら……この温(ぬく)もりを噛(か)みしめながら。

部屋に戻ると、既にお布団が三組、ぴったりくっつく形で敷かれていた。
さすがにすぐ寝るような時間じゃないし、普段だったらテレビをつけたりして、だらだらお喋(しゃべ)りしながら、眠くなったら寝る……みたいな感じに過ごすけれど……今日はちょっ

と違う。

「桜。葵。いいかな……？」

帰ってきてから、いや帰るまでの間も、ずっとそわそわしていた妹達に改まって声を掛ける。

「は、はいっ！」

「だ、大丈夫……！」

肩を跳ねさせる桜。自分を落ち着かせるみたいに深く息を吐く葵。

そんなあからさまに緊張する二人に微笑ましさを覚えつつ、わたしは窓の方——旅館の部屋によくある、景色を一望できるスペースに歩いた。

ここの名前、『広縁』っていうんだって、ロビーに置いてあったパネルに書いてあった。なんだか旅館っぽい空間で結構好きだったりする。

そんな広縁の向こう側——外はもう真っ暗で、窓ガラスには景色じゃなく、この部屋が反射して映し出されていた。

わたしと、桜と、葵。

おそろいの浴衣を着て、なんだかんだみんな血の繋がった姉妹だって分かる顔立ちをしていて……なんか嬉しくなる。

そして、勇気をくれる。わたしの大好きな二人は、今もここにいてくれるって。

「あのね……わたし、二人の気持ちにやっと答えが出たんだ」

「……！」

ふたりが、ごくりと喉を鳴らす。

緊張と、不安と、期待とがごちゃまぜになった表情をしていて、わたしもかなり心を揺さぶられる。

不安な気持ちは、わたしも同じ。

足は震えるし、心臓はばくばく言っている。

でも、さっきまでの迷いはもうない。

——四葉さんは、もっとわがままでいいと思う！

——大丈夫。駄目だったら、また次を考えればいいのよ。

わたしの大切な人達が、背中を押してくれたから。

——どうか、いつまでも、二人のお姉ちゃんでいられますように。

願うだけじゃない……なりたい『お姉ちゃん』を見つけたから。

だから、ちゃんと言うよ。

逃げてばかりの、転んでばかりの弱っちいわたしだけれど——

桜。

葵。

二人からはもう、目を背けない。


「わたし……二人とは恋人になれない」


二人の表情が、ぴしっと固まる。

胸が、痛い。苦しい。けれど、目を逸らしちゃいけない。

だってこれが、わたしのわがままだから。

「……やっぱり、アタシ達が妹だから?」

「っ……うん……」

「そう、だよね……葵達、血の繋がった姉妹だもん……告白なんかされて、気持ち悪いよね……」

「それは違うよ!! 確かにびっくりはしたけど、でも……嬉しかった。二人から、好きだって言われて……二人から愛してもらえてるって……本当に、嬉しかったよ……」

　ぽろっと涙を溢す葵を見て、わたしもつい目尻に涙が滲んでしまいそうになるけれど、ぎゅっと拳を握りこんで、堪える。

「桜も、葵も、本当にわたしの妹なのがもったいないくらい素敵な、良い子で……わたしも二人が大好きで……世間の常識とか、そんなの気にせず、そういう関係になるのもいいのかなって思わなかったって言ったら、たぶん嘘になる」

　何を言っても、二人が望んだ関係を拒否した以上、ただの言い訳にしかならない。

　でも、言わなきゃいけない。二人がわたしに想いを伝えてくれたから、わたしも二人への想いをちゃんと言葉にしないと。

「わたし、バカだからさ。世間のルールとか、他人からどう見られるとか……そんなことより、自分が今良いって思った衝動とかに身を委ねちゃって……二股して。でも幸せだからいいやって、そう思っちゃってる。だから、桜とも、葵とも……姉妹でも、よ、四股とかになっても、そういう幸せの形もあるのかなって……付き合って、全部丸く収まるなら、それが一番かなって……ほんと、最低だよね」

「……だったら、それでいいじゃん」

「桜……？」

「だったらそれでいいじゃん！　アタシ、本気でお姉ちゃんが好きなの！　お姉ちゃんが、少しでも……少しでもアタシを、そういう目で見てくれるなら、四股でもなんでもいいよ！　だって……やだよぉ、お姉ちゃんが……どこか、遠くに、アタシ達を置いて、どっか行っちゃうの……！」

　桜が、泣き崩れてしまう。

　反射的に駆け寄りそうになって――でも、それより先に葵が桜を支えてくれた。

「……わたしは、どこにも行かないよ。ずっと、死ぬまで二人のお姉ちゃんだから。バカで、最低だけど……それだけは譲れない」

「お姉ちゃんは……葵達とずっと姉妹で、それ以上の関係はイヤ……ってこと、だよね……？」

「違うよ、葵。姉妹以上なんかないの……！」

　すうっと息を吸い……叫ぶ。

「姉妹が最上級の関係なんだよ！」

　だって家族なんだから。ずっと一緒に生きてきたんだから。

　切ったって切れない、何よりも特別な繋がりなんだ。

「だから……わたしだって負けてない!!」

「……え？」

「わたしだって、桜と葵のこと大好きだもん！　二人よりもずっと、ずーっと大好きだもん！　お姉ちゃんだからって、それは譲れないから!!」

「な、何言ってるのお姉ちゃん……!?　お姉ちゃん、葵達のこと振ったんでしょ!?」

「それは……そ、そうだよっ!?」

自分でもひどい開き直りだって思う。

ああ、本当はもっと真面目な感じに、大人っぽく冷静に話すつもりだったのに……!?

でも……わたしはあらゆる困難を勢いとわがままで乗り越えてきた女だ！

やけっぱちじゃない。大事なことだからこそ、自分らしく、思いっきり！


「わたしは……お姉ちゃんなの!!」


不器用でも、自分の気持ちをちゃんと伝えるんだ!!

「お、お姉ちゃん……？」

「そう、お姉ちゃん。わたしは、桜と葵のお姉ちゃんでいられたから……自分を大嫌いにならずにいられたの」

これは本当にしょうもない、わたしの昔話。

幼い頃からいつも、わたしは周りからダメだダメだって言われてきた。

勉強だって授業では理解できたつもりになっても、テストになったり先生に当てられたりするといつも頭が真っ白になって、ろくに正解できなくて。

運動もそう。一生懸命やっても、かけっこはいつもビリだし、ドッジボールをすれば顔面レシーブしちゃうし、二重跳びも逆上がりもできないし……

みんなから笑われて、先生からは呆(あき)れられて……そんな自分が、わたしは大嫌いだった。

学校に行くのが嫌で、お父さんとお母さんに失望されたくなくて、毎日泣いてた。

「そんな、泣いてたって……!?」

「葵、全然知らなかった……」

「だって、こっそりだったから」

この話だって誰にもしたことはない。もちろん両親にも……まぁ、言わずとも知ってたかもしれないけど。

だって、そんな姿を見られたら、本当に愛想を尽かされてしまうかもしれないし、もしも優しくされたって惨めになるだけだから。

情けない意地だったけれど……でも、それがわたしにとっての救いに繋がったんだ。

「救い？」

「うん……それはね、二人のことだよ」

「葵達……？」

桜と葵が目を丸くして顔を見合わせる。

そんな二人が愛おしくて、わたしはぎゅっと抱き寄せた。

ああ……なんだかすごく安心する。

人の温もり、妹達のにおい……昔話をしているせいで、なんか、泣きそうだ。

あの頃は、つらくて、苦しくて……でも家に帰ると、そんなの何も知らない二人の妹が、わたしに駆け寄ってくるんだ。

『おねーちゃん、おかえりー！』

『遊ぼ遊ぼっ！』

二人はいつだって、真っ直ぐにキラキラした目をわたしに向けてくれた。

自分大嫌い人間だったわたしも、妹達の瞳に映る自分のことだけは嫌いになれなくて……二人の前では、『素敵なお姉ちゃん』でいたいって思えた。

一緒にテレビ見たり、トランプとかボードゲームで遊んだり……不思議と、二人と一緒にいる時は、学校とかでやるつまらないドジとかはあんまり出なくて……わたし自身気負いもなく、素直に楽しい気持ちでいられたんだ。

「アタシ……全然知らなかった。だって、ずっと物心ついた時からお姉ちゃんと一緒にいるのは当たり前って感じだったし……」

「えへへ、ありがとう、桜」

「ちょ……お姉ちゃん……！」

「あ、葵も桜ちゃんと同じだよ！　ていうかむしろ、桜ちゃんはずっとライバルで……どっちがお姉ちゃんの一番かってよく張り合ってて……」

「葵も、よく『お姉ちゃん大好き』って言ってくれたよね……わたし、本当に嬉しくて、嬉しくて……すごく、救われて……」

ああ、ダメだ。泣いてしまう。思い出し嬉し泣きってやつだ。

外ではダメダメだったけれど、わたしの居場所はちゃんと家族の中にあった。

少しずつ家事を手伝うようになったのも、その影響だ。

わたし、お母さんの料理が好きだったし、それができるようになったらお母さんも、お父さんも、妹達も喜んでくれるかなとか。

掃除とか洗濯も、普段お仕事で疲れてる親の代わりに……ちょっと失礼な言い方だけれど、わたしでもそれくらいならできるって思って。

ちょっとずつ、ちょっとずつ……でも、少しずつできるように、分かるようになっていくのが嬉しくて。

桜は食べ物の好き嫌いが多くてお母さんも困ってたから、一緒に対策レシピを考えたりとか。

葵は埃にアレルギーがあって、家が埃っぽいとくしゃみが止まらなくなっちゃうから、毎日ちゃんと掃除機かけたりとか……ほんと、色々やったなぁ。

お野菜をすり込んだハンバーグを桜が「美味しい」って全部食べてくれた時とか、葵がフローリングの上でごろごろしてるのを見た時とか……どんな些細なことでも、幸せな気持ちになれた。

「わたしはお姉ちゃんだったから、今は少し自分のことを認められるようになった。好きになれた。全部、桜と葵のおかげなんだよ」

「あ、アタシ達、別に何も……」

「そばにいてくれたよ。好きって言ってくれた」

わたしにとってはそれだけで十分……ううん、それがどれだけわたしを救ってくれたか。

「わたしは二人が大好き。だから、二人が好きって言ってくれたこと、本当に嬉しかったんだ。たとえそれが恋愛的な気持ちでも、嫌になるわけがないよ」

もしかしたら姉としては間違ってるかもしれないけれど、わたしからしたらそっちが間違ってる。

きっとわたしは今日のこと一生忘れないと思う。それくらい、特別な日になった。

「むしろありがとう。わたしなんかのこと好きになってくれて」

「っ……！　なんかなんて言わないでよ。アタシにとってお姉ちゃんは、何よりも特別な……絶対いてくれなきゃだめな人なんだから……！」

「……うん、そうだね。ありがとう、桜」

ボロボロ泣きながら訴えてくる桜の背中を優しく撫でる。

「葵だって、葵だってぇ……！」

ぎゅっと抱きついて、上目遣いに潤んだ瞳を向けてくる葵。

「葵が頑張った時、お姉ちゃんは絶対褒めてくれるの。優しく、頭を撫でてくれるの。葵が悲しい時、お姉ちゃんも一緒に悲しんでくれて……ひどい時は葵よりも泣いたりするけど」

「あはは……」

「でも、そんなお姉ちゃんが一緒だったから、葵、なんでも頑張れるようになったんだよ。だって、お姉ちゃんが見守っててくれるんだもん！」

「葵……」

「……ごめんね、お姉ちゃん。葵達、お姉ちゃんに冷たくしちゃった。二股なんてしてて、お姉ちゃんが悲しむようなことになったら嫌だって……だから……」

「ううん、ありがとう。二人の優しい気持ち、わたしすっごく嬉しいよ」

ぎゅっと、二人を抱きしめる。

苦しいかな、と一瞬思ったけれど、二人ともわたしの背中に手を回して、抱きしめ返してくれた。

「アタシ……ずっとお姉ちゃんの恋人になりたかった。お姉ちゃんの特別になりたかった」

「うん……うん……」

「でも、お姉ちゃんにとって、アタシは……アタシ達は、ずっと特別だったのね」

「うん……世界にたった二人の、なによりも特別な妹だよ」

「お姉ちゃんは、恋人さんがいても……葵達のことも大切にしてくれる……?」

「当たり前だよ。いつでも、なにがあっても、わたしは二人のお姉ちゃんなんだから」

三人で抱きしめ合いながら、わたし達はただただ涙を流して想(おも)いをぶつけあった。

大好きが溢(あふ)れてしかたがない。今この瞬間も、もっともっと二人のことが好きになっていく。

そして、二人も同じ気持ちでいてくれるのが、何より嬉しい。


——恋をすると世界が変わる。

確かにその通りかもしれない。

由那(ゆな)ちゃんから告白されるあの瞬間まで、わたしはわたしが恋をするなんて思いもしなかった。

大好きな恋人が二人もできて、そのせいで妹達を傷つけてしまって……でも、変化ってきっと悪いことばっかじゃない。

あの日繋いだ手の温もりは今も変わらず、わたしを抱きしめてくれる。

あの日雪のせいにして誤魔化した涙が、今はこんなにもわたしを温かな気持ちにしてくれる。

あの日の願いが、わたしを……わたし達を、世界で一番幸せな姉妹にしてくれた。

もしかしたらこれから先、色々なことが変わっていくかもしれない。今なんて、すぐに思い出になっちゃうかもしれない。


けれど、大丈夫。もうわたし達は大丈夫。


「これからもずっとわたしを二人のお姉ちゃんでいさせて。わたしを、二人が好きでいてくれるわたしにしてくれたお姉ちゃんで……」

「うん……！」

「葵達も、ずっと、一生、お姉ちゃんの妹だからね……！」

「ありがとう。桜、葵……！」

わたしが選んだのは、天使が忠告した「二人の気持ちを拒絶する」でも、悪魔が囁(ささや)いた「二人と恋人になる」でもない、家族で居続けるための選択肢。

絶対に、何が何でも上手(うま)くことが収まるって確信なんかなかったし、むしろわたしの気持ちばかりが先行した……自分勝手なわがままだ。

でも、二人とも受け入れてくれた。わたしのわがままを……願いを。

これからも何があるかなんて分からない。

もしかしたら今日以上の壁にぶつかることもあるかもしれない。

でも何があってもきっと乗り越えていけるよね。

だって、わたし達は姉妹だから。

絶対に変わらないこの温もりに気づけたんだから。

「あっ……お姉ちゃん、見て！」
広縁(ひろえん)の窓を開けて、葵が手招きしてくる。
「あんまり大声出すと、周りの迷惑になっちゃうわよ」
「桜ちゃんも固いこと言ってないで。ほらほら！」

わたしと桜は顔を見合わせつつ、葵の手招きに従って窓の向こうを覗き込み——

「わあ……」

「すご……！」

真っ暗だと思っていた山間の景色……その遥か上空。

爛々と光る星の光に目を奪われた。普段は中々見ることのできない、満天の星だ！

「流れ星、おちないかなー」

「葵、何かしたいお願い事でもあるの？」

「そぉだなー……桜ちゃんみたいに、お姉ちゃんとキスしたい……とか？」

「いっ⁉」

どこか刺すような鋭さをもった葵の言葉に怯む桜。

そしてそれは、妹達の微笑ましい会話を微笑みながら眺めていたわたしにも波及した！

「ちょ、あ、葵⁉」

「いいよねぇ、桜ちゃんは。勢いでお姉ちゃんとキスしちゃったんだもん。いいなぁ。葵もしたいなぁ。お姉ちゃんとキスぅ」

「あ、葵ちゃん？　でも、わたし達は姉妹なわけだし……」

「別に恋人になりたいなんて言ってないよ？　でもね、葵は思うのです！　姉妹でもキスくらいしたっていいじゃあないかって‼」

「そ、そうなの……!?」

「海外とかだと当たり前だよ。たぶん！」

「そう、なんだ……」

確かに海外では挨拶でキスする、みたいなところもあるっていうもんね……？

「あ、葵。でもここは日本――」

「桜ちゃんに指摘する権利あるのかなぁ？」

「うぐ……！　わ、分かったわよ……」

桜ちゃんが押されてる！

ま、まぁ……葵の言う通り、桜とは温泉でキスしちゃってるからなぁ。

葵がしたいっていうのも、おかしなことじゃないかも。

だ、だって……わたしのこと、好きって言ってくれてるし。えへへ。

「じゃあ、お姉ちゃん。キスしよ！」

「えっ!?　流れ星流れた!?」

「んー……たぶん地球のどこかでは流れてるよ！」

「そう言われるとそうかもだけど……」

「葵はスケールの大きな女なので、それでオーケーなのですっ！」

ぐっと胸を張る葵。可愛い。

……なんて思ってる場合じゃない!?

「で、でも、やっぱり姉妹でキスは……」

「ただの挨拶だよぉ。えーっと……おやすみの挨拶！」

わたしとしては照れくさい気持ちもあったり、妹の唇を奪うのは抵抗があったりするのだけど、葵は頑として引かない。

桜は、なんかむずがゆそうな顔をしつつ、黙ってわたし達のやりとりを眺めている。なんか、おあずけをくらった犬、みたいな。もちろん可愛い。

「もしかしてお姉ちゃん。なんか変な意識してる？」

「えっ」

「葵は、姉妹としてキスしたいって言ってるだけだよ？　お姉ちゃんはさ……姉妹としてって思ってないから、渋ってるんじゃないの？」

「そ、そんなことないよ！　わたしは葵ちゃんのお姉ちゃん！　葵ちゃんはわたしの可愛い妹！」

「だったらキスできるよね！　だって姉妹なんだもん！」

そ、そうなる……のかな。

なんか、そうなる気がしてきた……！

「じゃあ……んっ！」

葵が目を閉じて、唇を突き出す。

いわゆる、キス待ち顔ってやつだ！

こ、これ、完全にしなくちゃいけない感じだよね!?

なんか、緊張するな。桜ちゃんとキスしたのだって向こうからだったし……

「お姉ちゃん……」

「う……わ、分かった！」

葵のおねだり声に迷いを溶かされ、わたしは決意を固める。

肩を掴（つか）み、葵の唇に、わたしの唇を近づけ——

——ちゅっ。

「ぁ……！」

「っ!!」

恍惚（こうこつ）とした表情で熱い吐息を漏らす葵。

わたし達（たち）のキスをまじまじと見つめて、息を飲む桜。

「あ、へへ……葵、お姉ちゃんとキスしちゃった……！」

「な、なんか恥ずかしいね。いくら姉妹っていったって——」

「……ずるい」

「え、桜？」

「葵、ずるい。アタシもキスする！」

次は桜が名乗りを上げた!?

「だってアタシ、お姉ちゃんからしてもらってないもん！」

「さ、桜ちゃん。落ち着いて――」

「お姉ちゃん！　さっきのアタシとのキスは、アタシがお姉ちゃんと恋人になりたいって意味のキスだったでしょ!?　でも、アタシ達は姉妹のままでいるって決めたじゃない！」

「そ、そうだね！」

「だから、今葵とやったみたいな、『姉妹としてのキス』をアタシともするべきだと思うの！」

桜はそう叫んで、わたしが逃げられないよう腕を掴む。

そして、つんっと唇を突き出し――

「キスして！」

「な……!?」

「えー、だったら葵ももっとしたい！」

「ちょ、葵まで……!?」

なんか、めちゃくちゃだ!?

そりゃあ姉妹としてのキスなら、するのもやぶさかじゃないというか、するべきなんだろうけど……でも、これ結構ＡＰ（姉ポイントの意）を消費するっていうか……乱発するのは厳しいところがあるっていうか。

「ま、また次の機会に！」

「えーっ、今する！　するもん！」

「葵もー！」

すっかりわがままガールと化した妹達のおねだり攻撃から必死に逃げながら……いつの間にかわたし達は一つの布団でべったりくっつきながら眠っていた。

結果的に、桜ともキスしたのかとか、葵ともう一度キスしたのかとか……それについてはえーと……秘密、ということでよろしくお願いします!!

「……というわけで、無事解決しましたっ!!」

「なにが、『というわけ』なのかは分からないけど……」

コーヒーカップに口をつけつつ、つまらなそうに顔を顰める小金崎さん。

「貴方の話、『色々あって』とか、『なんやかんや』とか、『そんなこんな』とか、あらすじだけの映画レビュー見てるみたいで、どうリアクション取っていいのか分からないのよね」

「あ、す、すみません……」

小金崎さんの指摘はもっともかもしれない。

実際話した内容は……妹達と温泉行って、仲直りしましたってくらいだ。

詳細を話すのは妹達も嫌だろうし、わたしも恥ずかしいから割愛して……なんかそうなると、めちゃくちゃ簡単だったみたいになっちゃうな。

「でもですね、結構大変だったんですよ！　それに感動的なシーンもあったりして……」

「でも話せないんでしょう」

「はい……ちょっとそれは、わたし達だけの胸にしまっておきたいなぁ……なんて」

「そう。幸せそうで何よりだわ」

小金崎さんはそう祝福してくれる。なんかちょっとそっけないけど。

「とにかく全部丸く収まったということでいいのよね」

「はいっ」

「まぁ、わざわざ呼び出されたものだから、もっと厄介なことを言われるんじゃないかって思ってたけれど、そうでなくて安心したわ」

そう、温泉旅行から帰ったわたしは、まず由那ちゃんと凜花さんにチャットで解決を報告しつつ、小金崎さんをあの日のファミレスに呼び出していた。

色々と相談させてもらったので、直接報告をさせて欲しいという名目でだ。

「ちなみに咲茉ちゃんはどうしてます？」

「どうって、いつもどおりよ」

「咲茉ちゃんにも助けられたからお礼が言いたかったんですけど……実は連絡先を知らなくて」

「ああ、そうなの。それなら言ってくれれば連れてきたのに」

「そんなの、小金崎さんがおまけみたいになっちゃうじゃないですか！　小金崎さんだって本命なんですから！」

「なんか変なところで律儀よね、貴方」

小金崎さんはそう溜息を吐きつつ、ガラケーを取り出す。

「それじゃあ、連絡先教えるわよ」

「本当ですか！……あっ、でも、連絡先とかって本人に聞かないと、なんか、悪いというか……」

「律儀で真面目ね。落第生のくせに」

「う……つまらないやつって思いました？」

「そんなことないわよ。むしろ好感が持てるわ。その感じなら、知らないところで私の電話番号が広まってるなんてこともないでしょうし」

「そんな疑い持たれてました!?」

「冗談よ。それじゃあ、咲茉の連絡先はまた偶然あの子に会えたら自分で聞くことね」

「なんか、そう言われると難易度高いですね……」

「でも、きっとあの子喜ぶわ。人から連絡先を聞かれるなんて、あまり体験したことないでしょうから」

そう、温かな微笑みを浮かべる小金崎さん。これは咲茉ちゃんが慕うお姉さんの目だ。

「……なによ。そのくすぐったそうな笑顔」

「いやぁ、小金崎さんは良いお姉ちゃんだなぁと思って」

「……からかってる？」

「そうだ、実は報告以外にもお伝えしたいことがありまして！」

「無視？」

そうそう、忘れるところだった。

報告ももちろん本題だけれど、こっちもかなりちゃんと本題だ！

「小金崎さん、プールって好きですか？」

「唐突ね……まぁ、嫌いでは無いけど」

「泳げます？」

「バカにしてる？　ていうか、貴方はどうなのよ」

「わたしは……足の着くところなら」

「それ泳げるって言わないいんじゃない？」

「なんか、浮遊感がだめで……あ、でもですね、ちょっと足を浮かせるくらいだったら大丈夫なので、実質泳げるということでは!?」

「そんなの、ジャンプして『空飛べる』って言ってるのと変わらないと思うけど」

て、的確な指摘だ……！

ちょっと見栄を張ったつもりだったけれど、一瞬で論破されてしまった。

「と、とにかくですね。よかったら一緒にプール行きませんか、という提案なんですが。

あっ、でも人気のテーマパークとかじゃなくて、近場の市民プールなんですが」

「……私と貴方が一緒にプール……？」

「はいっ！　よかったら咲茉ちゃんもお誘いいただければ！」

「ええと……どういう座組なのかしら」

「ざぐみ？」

「あー……メンバー？」

「ああえっと、小金崎さんと咲茉ちゃん以外に、由那ちゃんと凜花さん、そしてうちの妹達——」

「地獄じゃない!!」

「ええっ!?」

むしろ天国では!?

素敵な彼女、可愛い妹、優しい友達が揃ってるのに……って、これはわたし視点の話か。

「貴方、二股を妹さん達に指摘されて悩んでいたのよね……？」

「は、はい」

「問題は解決したって言うけれど、いきなりそのメンバーで遊びに行くのは尚早ではないかしら」

「そんなことないですよ！　問題が解決した今、妹達に由那ちゃんと凜花さんのことを知ってもらうチャンスじゃないですか！　ほら、『鉄は熱いうちに打て』という言葉がありますし！」

「貴方がやっているのは、『消火が済んだばかりの火事現場に灯油を撒きに行く』みたいなものだと思うけれど……とにかく、私達はパス」

「そんなぁ！」

正直断られるかもと思ってはいたけれど、実際に断られるとそれなりにショックだ。

一緒にお出かけはもうちょっと仲良くなってからかな……でも、諦めない。

いつか小金崎さんと素敵な休日を過ごしてみせるから！

「咲茉も、貴方のよく分からないゴタゴタに巻き込まないでほしいわね」

「うぅ……分かりました。じゃあ咲茉ちゃんも諦めます」

「ええ、悪いけど。……話は以上？」

「あ、はい……」

用件が済んだと分かるなり、立ち上がる小金崎さん。

もしかしたら最後の提案で機嫌を悪くさせてしまっただろうか。

謝った方が――

「間さん」

「あ……はいっ！」

「その……誘ってくれてありがとう。私、その立場的にあまり百瀬さんとか合羽さんと関わるのは微妙というか……もしも、間さんが良ければ、今日みたいに私と二人か、それか咲茉を入れて三人でとかなら大丈夫だから……ええと、その……」

　こ、小金崎さん！

　おい見たか全人類⁉

　これが小金崎さんだぞ‼

「また、懲りずに誘いますねっ‼」

「……ええ」

　小金崎さんはクールに微笑んで、さらっと伝票を持って去って行く。

　呼びつけたのはわたしなのに奢ってくれるの⁉　カッコよすぎでは……⁉

　もしも生まれ変わったら小金崎さんみたいな人になりたいなぁ、なんて叶わぬ夢を抱きつつ、わたしは自分のグラスに残ったジュースを飲み干し、帰路につくのだった。

　そんなこんなで、また数日が経ち——気持ちの良い快晴の朝！

「は、初めまして、百瀬由那です！」

「あ、合羽凛花……よろしくね、二人とも」

二人は珍しく端から見ても分かるくらいガチガチに緊張していた！

笑顔はどこか固く、ぎこちない。

それでも溢れ出るキラキラオーラに、周囲の人達からちらちら見られているけれど、本人達は全然気が付いていないみたいだった。

対して――

「………間桜、です」

「お、同じく間葵……！」

こっちの二人もとんでもなくガチガチだ!?

「お、おお、お姉ちゃん！　やっぱりこの人達なに!?　芸能人!?」

「ちょ、直視できないんですけど!?」

すぐさまわたしに抗議してくる妹二人。その反応、わたしと同じ血が流れてるっぽくてグッドです。

わたしだって未だに圧倒されるもんなぁ。

「うう……改めて近くで見るとすごい人達よね……なんかオーラ違うし……お姉ちゃんが籠絡されるわけよ……」

「え、葵達これからこの人達とプール入るの!?　無理無理無理無理!!」

わたしのデートを目撃した時と違って、こうして正面から対面すると違うらしい。

「よ、四葉ちゃん。ちょっと」

「えっ？」

今度は由那ちゃん達に引っ張られそちらに。

「あ、あたし達、変なとこないかな？　ちゃんとやれてるかな!?」

「だ、大丈夫大丈夫！」

「妹さん達には私達が付き合ってることはもう知られてるんだよね……今日のことも大丈夫だって聞いてたけど……」

二人は、どうやら桜達のリアクションを見て不安になってしまったみたいだ。

「桜と葵は二人のキラキラオーラにやられただけだから大丈夫！」

「キラキラオーラ……うう、せっかく四葉ちゃんの妹さん達と会えたんだし、良い印象残したいのに」

「それでちょっと緊張した感じだったんだ……」

「ちょっとどころじゃないよ……だって好きな人の家族なんだ。当然仲良くなりたいし……昨日もあまり眠れなかったよ」

二人とも、そんな風に思ってくれてたんだ。なんだか嬉しい。

でも、誘ったのはわたしなんだ。今日はしっかりわたしがエスコートしないと！

「あー……四葉ちゃん？　ちょっと張り切ってる感じだけど、ちょっと肩の力抜いてほしいかな？」

「えっ」

「うん……こういう時の四葉さんって墓穴掘るというか……なんか、頑張るだけ変なことになりそうだから……」

「酷い！　でも一理ある‼」

二人からの指摘は全然否定できなかったので、わたしは大人しく見守りモードに入ることにした。

がんばれ、由那ちゃん、凛花さんっ！

◇◇◇

市民プールということで、来ているのは家族連れとか、同い年かそれよりちょっと下くらいの友達同士って感じの雰囲気の人が殆どだった。

もちろん、二股バレの経験を生かして、由那ちゃん達には「今日は友達の感じで！」とお願いしてある。

もしも恋人モードでプールに来てたら……どうなるかわたしでも分からないし。

だって水着だよ!? あの二人が水着姿で、恋人の感じで迫ってきたら、絶対耐えられない。貯金全額賭けたっていいくらいだ！

「お姉ちゃん、待って」

見守りモードに入ってたわたしは、さくさくっと着替えて先に更衣室を出てたんだけど……すぐに桜と葵が追ってくる。

てっきり二人と雑談でもしてると思ったのに。

「さすがに気まずいわよ……なんかじろじろ見ても悪いし」

「お姉ちゃんの恋人さんって思うと余計に……」

「気にしすぎだよ。それに今日はあの二人とは友達っていだから、二人もお姉ちゃんの友達とプールに来たって思えばいいんだから」

「それにていでしょ。実際は付き合ってるんでしょ」

「お姉ちゃんの友達と遊んだ経験なんて無いんですけど」

「うぐぅ……」

じとっとした半目で睨んでくる桜と葵。

「それと、言っとくけど、アタシ達まだあの人達を認めるとは言ってないから！」

「えっ」

「だってお姉ちゃんの話を一方的に聞いてもいい人か悪い人か分かんないもん。今日はその品定めで来てるっていうのもあるのよ。ね、葵」

「ねー、桜ちゃん」

な、なんと！

プールの提案にあっさり頷いてくれたのはそういう目的もあったのか！

でも……へへへ、大好きなお姉ちゃんのためを思ってくれてのことだもんね。しょうがないなーうちの子達は。わたしのこと好きすぎかー？

「お姉ちゃん、笑い方キモい」

「キモーい」

「愛が鋭い!!」

ぐさぐさっと刺されたところで、なんか急に周囲がざわつきだした。

わぁ、なにあの子達可愛い。眩しいー。え、女優？　モデル？

そんな声が示すのはすなわち――聖域の登場だ！

「う、わぁ……」

「つよ……」

先に見つけた桜と葵が圧倒された声を漏らす。

そして、背後を振り返ったわたしは――

「お、おまたせ」

「どう、かな？」

か、可愛い！

由那ちゃんはガーリィーな雰囲気全開のプールサイドに現れた天使って感じ！

凜花さんはもう完全に撮影に来たモデルさんだ！　いや、水の女神!?

なんかもう、わたしのしょうもない語彙力じゃ表現しきれないよぉ!!

「すっごく似合ってる！　可愛い!!」

「あ、ありがと……」

「頑張って選んだ甲斐があったよ」

「えっ、おろしたて？」

「当たり前じゃない。凜花と一緒に急いで買いに行ったのよ」

「せっかくだし、去年の着回しなんてなんか嫌だったしね」

「わたしも連れてってくれれば良かったのに」

「それじゃあサプライズにならないでしょ？」

「こういうのは、実際にプールとか海とか、その場でお披露目するからいいのさ」

ほえー……確かにすごい破壊力だった！

でも、水着売り場でわたしの選んだ水着を試着してもらうのも良かったなぁと思わなくもない。

それこそ――

「そういう四葉ちゃんは、水着去年からの使い回し？」

「えっ、ううん。実はわたしも昨日買ったばかりなんだ」

まぁ私の場合は、そもそも去年水着を着るタイミングがなかったから持ってなかったっていうのもあるんだけど。

「そうなんだ。その……四葉さんもすごく似合ってるよ。なんか、ドキドキしちゃうな」

「うんうんっ！　このままお持ち帰りしちゃいたいくらい――」

「ちょっと、先輩方！」

ぐいぐいと迫ってくる二人を引き剝がすように、桜と葵が割り込んでくる。

「今日は友達って聞いてましたけどー？」

「あ、そ、そうね……！」

「ご、ごめんなさい。つい……」

「まったく……お姉ちゃんもデレデレしすぎ！」

「ご、ごめんね桜」

妹からちゃんと叱られてしまって肩を落とすわたし。

まぁでも、うん。そもそもわたしが手放しで褒めちゃったのがきっかけだもんな……。

「ち・な・み・にぃ～、わたし達はお姉ちゃんと一緒に水着選びましたけどねぇ～？」

「「えっ！」」

「楽しかったなぁ、お姉ちゃんの水着ファッションショー。それこそ今着てるのよりももっとえっちな水着も着たりしてたんですよ？」

「も、もっと……！」

「えっちな……!?」

「ちょ、葵！」

葵のまるで挑発するみたいな言い方に、二人は明らかに動揺してる！

そりゃあ確かに葵の言う通り色々着たけど……でも、あ、あんなのさすがに外で着るのは絶対無理だし！　ていうかわたしに似合わないし!!

「ず、ずるい……！」

「うらやましい……！」

「だめですよ、先輩方。だって、今日はお姉ちゃんのお友達なんでしょう？」

「「うっ!!」」

二人が押されてる!?

でも、葵も普段通りって感じじゃなくて、ちょっと無理してる感じがする。

そりゃあ相手はあの聖域だ。不特定多数の人（わたし含む）を骨抜きにする神聖な存在だ。

そんな二人と正面からやり合うなんて、簡単なことじゃないはず。もちろん、最初に割って入った桜だってそうだ。

本当にいつまでも可愛い妹達だと思っていたけれど、どんどん育って、たくましくなってってるんだなぁ……と、由那ちゃんと凜花さんには悪いけど、お姉ちゃんとしてはちょっとしみじみしてしまう。

「って、いつまでも立ち話してないでそろそろ行きましょう。ね、お姉ちゃん」

と、そんなわたしの腕に自分の腕を絡めてくる桜ちゃん。

「そうだね、行こ行こ！」

そして反対側の腕をぎゅっと抱きしめる葵ちゃん。

そんな二人に、由那ちゃん達は「あっ」と驚いた声をあげた。

「アタシ達は姉妹なので、これくらいは普通ですから」

「そーそー」

桜達はわたしの腕をぎゅっと放さず、得意げな顔で由那ちゃん達を挑発する。

まるで水を得た魚みたいな……なんか、すごい自信だ!?

「な、なるほどね……」

「これは強敵だな……！」

由那ちゃんと凜花さんは引きつった笑みを浮かべつつも、負けじと挑戦的な目を二人に

向ける。

見えないけれど、マンガとかだったら視線がぶつかり合ってバチバチ火花が散る感じの雰囲気に――わたしは一人取り残されていた。

もう桜と葵には聖域にビビる気配は一切無い。

わたしを放すどころか、頬が触れ合うくらいぎゅっと密着して、楽しげに笑う。

「「簡単に譲りませんから」」

示し合わせたのか、偶然か……絶妙にハモった二人の言葉に、由那ちゃんと凜花さんも負けじと向き合い――

「「こっちこそ！」」

清々(すがすが)しく、宣言し返した。


そんな四人に囲まれて、わたしは――

（なんかこの四人仲良くなれそうだな……）

なんて、呑気(のんき)に現実逃避するのだった。


「百合の間に挟まれたわたしが、勢いで二股してしまった話　その2」了

あとがき

『百合の間に挟まれたわたしが、勢いで二股してしまった話』、続いたとさ。

2巻かな？

2巻じゃないよ、その2だよ。

……な、『百合の間に挟まれたわたしが、勢いで二股してしまった話　その2』、これにて閉幕でございます。

本巻では、姉妹の恋愛について書かせていただきました。

イチャイチャデートあり、二股バレあり、長年溜めに溜めてたクソデカ感情カミングアウトあり……と、書いていてなんとも賑やかで、作者自身とても楽しめました。推しキャラもいっぱい書けたしね！

もっと書きたいなー、なんて思いつつ、もしも3巻——「その3」が出せたとしても、何を書くかは完全に未定です。

既存の関係をもっと掘り下げたり、登場済みのキャラを活躍させたり、がっつり新キャラを投入したり……可能性は無限大!!

というわけで、続刊発売、コミカライズ化、ＣＶ付きＰＶ展開、ボイスドラマ化、アニメ化、ゲーム化、映画化の未来を夢見つつ、あとがきを閉じさせていただきます。

あわよくばいつの日か、映画館での舞台挨拶でお会いしましょう！　それではっ！！！！

作品のご感想、
ファンレターをお待ちしています

あて先

〒141-0031
東京都品川区西五反田 8-1-5 五反田光和ビル4階
オーバーラップ文庫編集部
「としぞう」先生係／「椎名くろ」先生係

百合の間に挟まれたわたしが、
勢いで二股してしまった話　その2

発　　行　2022年5月25日　初版第一刷発行

著　　者　としぞう
発 行 者　永田勝治
発 行 所　株式会社オーバーラップ
〒141-0031　東京都品川区西五反田 8-1-5
校正・DTP　株式会社鷗来堂
印刷・製本　大日本印刷株式会社

Printed in Japan　ISBN 978-4-8240-0184-9 C0193